小猫温斯顿 1

真正的朋友

〔德〕芙劳可・休娜曼 / 著　淘 然 / 绘　俞洁琼 / 译

GUANGXI NORMAL UNIVERSITY PRESS
广西师范大学出版社
・桂林・

小猫温斯顿1：真正的朋友
Xiao Mao Wensidun: Zhenzheng de Pengyou
出 品 人：柳 漾
编辑总监：周 英
项目主管：陈诗艺
责任编辑：陈诗艺
责任美编：李 坤 潘丽芬
责任技编：李春林

图书在版编目（CIP）数据

小猫温斯顿 1. 真正的朋友 /（德）芙劳可・休娜曼著；淘然绘；俞洁琼译. —桂林：广西师范大学出版社，2016.9（2019.3 重印）
（魔法象. 故事森林）
书名原文：Winston the Cat: True Friends
ISBN 978-7-5495-8245-7

Ⅰ. ①小… Ⅱ. ①芙…②淘…③俞… Ⅲ. ①儿童文学－长篇小说－德国－现代 Ⅳ. ①I516.84

中国版本图书馆 CIP 数据核字（2016）第 114643 号

广西师范大学出版社出版发行
（广西桂林市五里店路 9 号 邮政编码：541004
网址：http://www.bbtpress.com）
出版人：张艺兵
全国新华书店经销
北京盛通印刷股份有限公司印刷
（北京经济技术开发区经海三路 18 号 邮政编码：100176）
开本：880 mm × 1 240 mm 1/32
印张：7.875 字数：120 千字
2016 年 9 月第 1 版 2019 年 3 月第 5 次印刷
定价：29. 80 元

总序

童话与这个世界的奥秘

蔡朝阳 / 独立教师、儿童阅读推广人

我成长的年代，其实没什么机会读到经典童话。那个年代，父母用尽辛劳，仅能让孩子填饱肚子，有几本读物已是奢侈，哪有机会再去辨别是不是世界经典。现在回想我当时所读的书籍，童话寥寥无几，初中时能读到《大侦探乔麦皮》，已经内心窃喜。但是不管何时，即便读到经典作品的机会并不多，童话却始终存在。因为只要童心未泯，童话便不会消失。就像《彼得·潘》中的永无岛，虽然意为“永远不存在的岛屿”，但悖谬在于，其实这个岛屿永远存在——存在于孩子们的心灵深处。而正是通过这种悖谬，童话的意义得以凸显。

我一直很喜欢《彼得·潘》，这本书里多有任性，唯独没有教化。我亦喜欢“永无岛”这个译名，将之视为神来之笔。正如“乌托邦”一词，知其乌有，守其信望。童话就是必要的乌托邦，只要有这个乌托邦存在，我们对这个世界，就多了许多盼望、许多信心。

然而说来惭愧，我真正接触到经典童话，并深深为之感动，已经是 30 岁之后。但我并不觉得为时已晚，对于一个日渐迈向中年的读者而言，30 岁后读童话，或许具有更特殊的价值。这价值在于：社会风尚多数趋于功利，人越长大，沾染的世俗之气就越多，而童话会还给我们明净的世界，为我们的心灵提供栖息的港湾，让我们在忙碌或者琐碎中停下来，重新审视自己的心灵。永无岛的存在，就如同庸常现实生活的借镜，让我们借此从烦琐中抬起眼睛，去眺望远方，从而尽可能提升自我。因此，从价值层面而言，童话本身便含有超越的力量。

在我看来，这个世界并非一定是意义明晰的，有时甚至连是非的界限也未必判然可辨，真实与虚构，应然与实然，往往杂糅在一起。而童话为我们提供进入这个混沌世界的通道，童话未必教人明晰，但可以提供一种参照。尤其对孩子们来说，童话不是规范的生活指导，亦非关于成长的纲领性文件，而只是一个充满诠释可能的故事。对于孩子们来说，最丰富的可能性，往往蕴含着最深沉的驱动力。

如果成年人抱有这样一种信念——希望孩子们都成为一个个有用的、有现实功利价值的人，那么童话并不能担当这一重任。恰恰相反，童话往往是无用的，是使你无所事事无所作为的那个东西。童话常常被认为是小孩子的玩意儿，成人喜欢用“过家家”等去描述这些行为或者故事，但是童话的价值就在这里，幼稚里蕴含着深刻，这是另一种对生命的理解，也是对世界意义的寻求。

对生命与世界的理解，童话在多重价值维度上进行了阐释。童话的意义不仅仅在于其丰富的象征性。因为童话对孩子来说，不是虚构，而是事实本身。所谓虚构，一般是一些不存在的事情，或者现实世界中不太容易发生的事情。但对孩子而言，童话就是他们的真实世界。童话故事帮助他们建构起对现实世界的想象，从而让他们理解这个世界的运转方式，并通过想象和理解，参与到现实世界中。

当然，童话里也有价值观，但从不说教。善与恶、勇敢与怯懦、智慧与愚昧……随着故事的展开，如万花筒展现在读者面前。为什么女巫一定得死？因为在童话里，正是人性中善良的一面，一次次战胜了邪恶。而这些便参与建构了孩子的价值系统。

通过阅读童话，孩子的身心得以成长，但更重要的是心灵的成长。而且所谓成长，无非就是心灵的成长。这也就是童话为什么具有力量的奥秘。在我们即将读到的魔法象故事森林·永无岛“咕噜一家”系列童话里，冒险、游历是一个引人入胜的主题。咕噜一家的生活，始终处于游历中。他们住在大篷车里，每天都有新鲜的，甚至是匪夷所思的历险。颠三倒四的生活，稀奇古怪，洋相百出，他们不停地遇到新状况，而又不断解决。在这样一个历程中，小阳逐渐成长。这个故事常让我想起罗尔德·达尔——严肃的成年人总是问，充满戏谑与恶作剧的罗尔德·达尔，究竟在闹什么玩意儿？但这就是心灵的旅程，在这一奇妙的旅程中，孩子们逐渐走向自信，获得勇气。所以冒险故事永远不会过时。

童话是另一个彼岸世界。这个彼岸世界，不是为了衬托我们现实世界的无奈而存在，而是有了这个彼岸世界，我们才会更有希望。并且这个世界，是由孩子做主的，这是他们心灵自由的必经之路。孩子经由阅读童话，从习以为常的世界中发现新奇，从而赋予世界崭新的意义。童话的旅程，便是从出走到归来的旅程。既然最终我们还要归来，那么精神漫游的意义何在？奥秘在于，虽然我们还是原来的自己，但已经在此基础上，实现了自我超越。

这个世界的奥秘，始终沉浸在幽暗中，任人猜想。童话是照亮幽暗的一盏灯火。关于信念、关于价值、关于成长……都因为有了童话的烛照，得以逐一敞亮。从这个意义上说，童话作者便是不折不扣的燃灯者。

而我作为一个30岁后才了解童话奥秘的中年人，一旦了解了这一奥秘，便铭记于心，不再淡忘。从个人的角度，我认为，世界上所有的童话都在讲述同一个母题，即“奇迹”。童话里，奇迹一直在发生；而在我们的现实生活中，奇迹也从未绝迹。这个奥秘，也许可以这样表述：那些始终相信奇迹必然发生的人，奇迹必然会发生在他们身上。这是《夏洛的网》与《海鸥乔纳森》潜藏的奥秘，也是那只叫温斯顿·丘吉尔的小猫告诉我的奥秘。

角色介绍

温斯顿

故事主角，全名温斯顿·丘吉尔，英国纯种短毛黑猫，是维纳教授的宠物，喜欢吃鸡肝。

维纳教授

全名维纳·哈格多恩，物理学教授，住在德国汉堡市林间大道106a号，是小猫温斯顿的主人。

安 娜

全名安娜·科瓦伦克，是琪拉的妈妈，也是管家奥尔加的姐姐，奥尔加结婚后，接替奥尔加照顾维纳教授和温斯顿。

奥尔加

维纳教授家原来的女管家，厨艺很好，因为和迪特结婚，离开了维纳教授家。

瓦迪姆

安娜的前男友，脾气火暴，走私香烟。

琪拉

全名琪拉·科瓦伦克，12岁的小女孩，有金色的头发和蓝色的大眼睛。俄国人，跟随妈妈安娜来到德国生活，后来转学到威廉中学七年级C班就读。

汤姆

琪拉的同班同学，汤姆的爸爸是放射科诊所的医生。

宝丽

其实叫宝拉，也是琪拉的同班同学。

莱奥尼

琪拉的同班同学，在班上很有势力，被琪拉他们称为“笨山羊”。

欧德特

生活在院子里的母猫，全身白色，长得很优雅。

卡拉梅尔

生活在院子里的公猫，亮棕色，毛发乱糟糟的。

斯皮克

生活在院子里的公猫，身上有虎皮斑纹，个头很大。

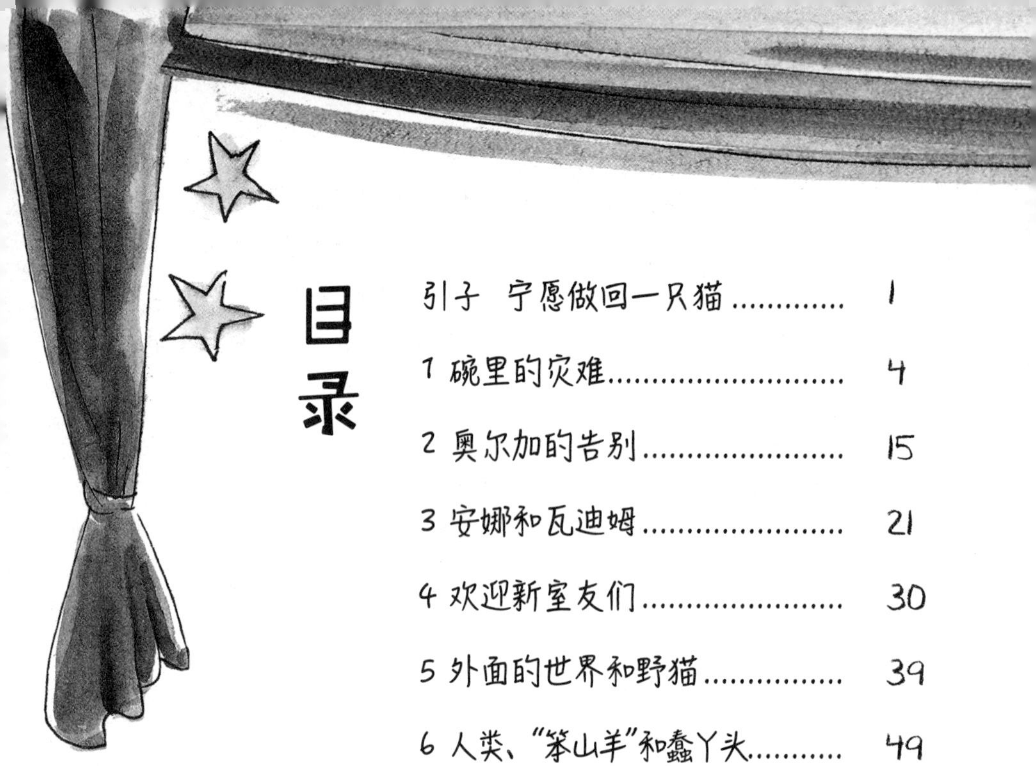

目录

★为便于读者阅读，编者在原书章节编号的基础上添加了小标题，特此说明。

引子

宁愿做回一只猫

“快，该走了！”莱奥尼笑着对我说。

不过我很清楚，这绝不是表示鼓励的微笑，而是有一些……嘲讽的味道。好吧，姑且当她坏笑了一下吧！

“难道你不敢？”莱奥尼接着反问道。

我赶紧清了清嗓子：“有什么不敢的！我当然敢，不过……”

“不过什么？”这一回，不只是莱奥尼，艾米丽、露特和海伦娜都坏笑了起来，仿佛她们这辈子都没这么开心过。

“哎，我是说，溜进这家店里偷 T 恤，恐怕不是很明智吧！要知道那儿差不多有四台监控摄像机呢！万一出了事，我们就要官司缠身了。”

莱奥尼瞪大了眼睛：“官司缠身？你在扯什么废话呢？”她掉转脚步，撇下我独自走开了。其他三个人赶紧跟了上去。

该死！这样可不行！看来之前我对于做一个人意味着什么还是知道得太少了！更别说是做一个女孩了！我把一切都想得太简单了。

做人总是吃一堑，才能长一智。要是之前有人告诉我这些女同学竟然这么调皮任性，那我绝不会跟琪拉交换身份的。我宁愿做回从前那只优雅、聪明，也许有些被惯坏了的纯种猫。那样的话，我现在就可以舒舒服服地躺在林间大道的沙发上，听我的室友维纳·哈格多恩教授朗读量子物理文献，或者听他讲“薛定谔的猫”[1]的故事以及它是如何帮助薛定谔获得诺贝尔奖的。得了这个奖的人都可以去斯德哥尔摩[2]，在那儿可以领到一大笔钱，还能认识瑞典国王。这也再次证明了

---

[1] “薛定谔的猫”是一个思想实验。有一只放在盒子里的猫，里面还有一瓶放射性的毒药，猫有50%的存活率，但量子物理学认为不打开盒子观察，猫就会处于活着和死去的叠加状态。——编者注

[2] 斯德哥尔摩是瑞典的首都，诺贝尔的故乡。从1901年开始，每年诺贝尔逝世纪念日，斯德哥尔摩音乐厅都会举行隆重仪式，瑞典国王亲自给诺贝尔获奖者颁奖。——编者注

我们猫咪是人类家庭中十分重要的宠物。哎，瞧我都说了些啥，应该是最最重要的宠物。可惜，我现在不但没有沙发可躺，还得站在这儿……再想想我的油浸沙丁鱼[1]罐头，哎，这是遭了多大的罪啊！

现在，还是让我把一切从头道来吧，这样你们才能明白发生了什么！

[1] “油浸”是一种烹调方法，在大油量、高油温时下原料，熄火加热至熟后，再另外浇调味。沙丁鱼又称沙甸鱼、萨丁鱼，是一种细长的银色小鱼，鱼肉鲜美，多用来制作罐头食品。——编者注

1 碗里的灾难

天哪，这是啥？这股味道真奇怪，这个东西更是少见……可它现在就被放在了我的碗里！我猜，这大概是为我准备的。老天爷啊，这肯定是谁搞错了，而且大错特错。我得把这件事情弄明白，一刻都不能等！好歹我也是堂堂的温斯顿·丘吉尔，凡是不能满足我高贵品位的东西，我绝对不吃。更何况，这东西又不是我点的。

我怒气冲冲地跑出厨房，去找奥尔加理论。奥尔加是这儿的女管家，她肯定得为发生在我碗里的这场灾难负责。

通常，奥尔加会给我和教授做好吃的东西，不过今天显然是个例外。

找到奥尔加后我一定得抗议，可是我一直都没看到她的踪影。她不在客厅，不在餐厅，也不在书房。哪儿都没见到她，真奇怪！我坐在长长的过道上，不停地四下张望。房子里静得出奇，如果有什么动静，那我一定听得见。作为一只猫，我的听力绝对是没得说。

在那儿！卧室里传来一阵沙沙的响声。我一个箭步向走廊的另一端冲了过去，从门缝里溜进了卧室。奥尔加背对着我站在衣柜前，正在整理着衣物。我正想猛地一把冲上去抱住她的大腿，却不得不来一个急刹车：这不是奥尔加的腿！面前的这个女人，我根本就不认识。喵呜！她是谁？

那个陌生的女人转过身来，一脸惊讶地望着我。显然，她受到的惊吓不比我小。她弯下腰，想要摸我的头，我赶紧往后一蹿，躲开了她。我是不会轻易地让陌生人碰的。

“你是谁？”她问我。

她的声音跟奥尔加很像。真是太不可思议了！她在其他方面也跟奥尔加很像：瘦长的身材，金黄色的长发，还扎着马尾辫。她可能比奥尔加年轻一些，不过我也不太确定。对于人类的年龄，我摸不太准。只要他们长到了正常的个头，不再是个小孩，那在我看来年纪都是一样的。

我又朝前迈了一步，打量着这个女人。她友好地朝我微笑，仿佛在等待着我的回答。

我是谁？好吧，我要是会说话，我当然就能完整地告诉她我叫温斯顿·丘吉尔，不过大家都叫我温斯顿。我已经跟着维纳·哈格多恩教授在汉堡林间大道 106a 号住了好久了。我最喜欢悠闲地躺在客厅柔软的沙发上，或者是壁炉前那块呢子地毯上。我最爱的食物是现做的鸡肝拌香菜。而且我是一只如假包换的宠物，因为我从来不出家门一步。至少我不会主动出去，因为每当我透过窗户看见院子里乱糟糟的野猫，就会对外头糟糕的世界心生厌恶。

如果我能说话，那么也许我会把这一切，或者至少一部分，都告诉眼前这个陌生女人。可是我不会说话，所以我只好呆呆地站在那里。不过这些也不重要，因为最重要的问题是：这个女人是谁？她在这儿干什么？

我在她面前坐了下来，喵呜喵呜地叫了几声，来回摇晃着尾巴。她再次伸出手，摸了摸我的后脑勺。我任由她摸了一会儿，因为这种感觉其实挺不错。

可是，你们人类就不能好好自我介绍一下吗？我们都还没互相认识，你就随意地摸我。你们人类啊，太没礼貌了！

卧室的门开了，奥尔加走了进来。

我朝她跑了过去，用脑袋在她的两腿之间来回蹭动，接着大声喵呜了几声，对她表示热烈欢迎。

“你好，温斯顿。”她笑着对我说，“想我了吧？我刚才出去了一下。我看到，你已经跟安娜见过面了。”

“是的，我们正要做朋友呢！”那个叫安娜的陌生女人接过话说。

我们要做朋友？好吧，人类这一套我是知道的。

“那太好了！”奥尔加笑着说，“温斯顿，我希望你能喜欢安娜，她是我姐姐。”

老天爷，原来她是奥尔加的姐姐！怪不得她们长得这么像。要是我脸上没有那么多毛发，她们一定能看到我脸上吃惊的表情。但实际上对此我唯一能做的就是轻轻地喵喵叫了。

“温斯顿是维纳教授养的猫。”奥尔加对她的姐姐说，“你不只得照顾教授，还要照顾他。”

安娜点了点头说：“教授和我提起过，我刚给他喂了点儿吃的。”

啊！吃的原来是她做的！我气呼呼地大叫。可是安娜和奥尔加都没有注意到我的反应，她们俩聊得正欢呢！

“你给他喂吃的了？喂了啥？”

“嗯，买洗衣粉的时候，我顺便给他买了猫粮。那儿的猫粮罐头正在成箱促销，我就买了。”

“猫粮罐头？给温斯顿吃？”奥尔加笑了。

什么？拜托，有这么好笑吗？我很纳闷。另外，什么是猫粮罐头？

“当然了。这有什么不行的？我看过配料表了，里面是火鸡肉拌米饭，看上去应该很好吃。”

奥尔加还在笑，我有些不知所措了。我在碗里看见的那些东西，绝对不是火鸡肉拌米饭，看上去更像是种花用的湿泥土。每当春天来临，奥尔加要给房间里的植物换花盆的时候，就会把这样的泥土倒在阳台上。

“我觉得我们的温斯顿是不会吃猫粮罐头的。他早就被惯坏了，我总是给他和教授做新鲜的食物吃，你记住这一点。”

奥尔加说得没错，但为啥安娜要记住？我理解不了。奥尔加知道我和教授喜欢吃什么，那才是最重要的。

“好吧，我马上在本子上记下来。等你走了，但愿我不会弄错。”安娜叹了口气。

“别怕，你会弄明白的。下周我再为你演示一遍，有问题还可以随时给我打电话。”

等等！什么叫“等你走了”？我肯定是听错了。奥尔加、维纳教授、那株两米高的天鹅绒玩具树、摆着很多书的书架，当然还有我，都属于林间大道106a号。换句话说，林间大道106a号离了奥尔加就不行了。她还没走，什么“火鸡肉拌米饭”这样的事情就出来了。

可是，安娜真的从裤袋里拿出一支笔和一个小本子，开始潦草地写了起来。

难道奥尔加真的打算离开我们了吗？我突然觉得好难受，我的肚子感受到了一股虽然不强烈却持续不断的抽搐。幸好我还没有吃饭，要不肯定更难受。“等你走了”——我一想到这句话，心就怦怦跳个不停。我一点儿都不喜欢自己心爱的事物发生改变，甚至可以说，我讨厌这样！

咔，咔！——钥匙开锁的声音。维纳教授回来了！他必须阻止这一切，马上！我已经跟他一起生活了这么长时间，不用我开口，他也明白我的意思。我飞奔到门口，等他一进到走廊，我就开始伤心地喵呜喵呜直叫，还在地上来回打滚。

“天哪，温斯顿，你这是怎么了？”维纳教授脱下灯芯绒大衣，弯下腰看着我，“肚子疼吗？”

他爱抚了一会儿我的小肚子，站起身说：“奥尔加，我回来了。温斯顿好像不太舒服。”

我亲爱的教授啊，果然厉害！他一眼就看出事情有些不太对劲。

“等等！”房子另一头传来了奥尔加的声音，“马上就来！”

我决定在奥尔加走过来发现我是在演戏之前，把我的痛苦表现得再夸张一些。于是，我一边喵呜喵呜地呻吟着，一边转了个身，四脚朝天地躺在地上。要是这画面还不够惨绝人寰的话，那我真不知道该如何形容了。

“哦，猫咪怎么了？”

“他看上去好像不太舒服。你今天喂过他了吗？”

奥尔加点点头说：“安娜喂过了，不过喂的是猫粮罐头。

我还没看过他吃没吃。可能他不喜欢猫粮，现在饿了。”

“猫粮罐头？”维纳教授摇了摇头，“这怎么行！你给迪特做好吃的，却让我们在这儿吃快餐凑合吗？”

快什么？我没听懂。不过也没关系，那肯定不是什么好吃的东西。但他们说到的迪特这名字却很刺耳……我有一种预感，这个家伙肯定还会给我带来不小的麻烦。他的名字最近被频繁提起，每次奥尔加说到他时，都伴着一声长叹。这一点很可疑。迪特大概是对她很重要的人，以至于她以后宁愿给他做饭，也不再给我和教授做饭了。这算什么！

奥尔加笑了：“别担心，我会告诉我姐姐你们喜欢吃什么的。至于迪特，我先给他定个食谱，他最近已经胖了很多。”

“不奇怪，娶了世界上最棒的厨师当老婆，那肯定是要长几斤肉的。而且你知道吗？……”说到这儿，维纳教授卖了个关子。

“不知道。”奥尔加摇了摇头。

“我可羡慕迪特了。要是重上五公斤就能把你留住，那我会毫不犹豫去做。十公斤也没问题。你离开我们，对我来说绝对是一场灾难。”

什么？一切都是真的？奥尔加要走了，维纳教授也阻止不了她？那可就真的是一场灾难了！对谁来说都是一场灾难。我翻过身，耷拉着脑袋躺在地上。我的头已经开始晕了，也不知道是过于忧伤，还是在地板上打了太多滚的原因。

“你看，奥尔加，温斯顿也病怏怏的了。你要离开我们，他肯定也很不开心。”

“啊，教授，您别说了。要不我就更难受了！何况我们已经找到绝佳的接班人了。由我的姐姐安娜来做管家，她肯定会把你们两个照顾得很好，比我之前更好。安娜已经是做妈妈的人了，她很会照顾人。”

那又怎么样？我可不这么认为。做了妈妈跟会照顾人又有什么关系？我的妈妈长什么样，我几乎记不起来了。就算她照顾过我，那肯定也没多久。当维纳教授从饲养员那儿把我领养过来的时候，我还很小。从那以后，就是他和奥尔加一起在照顾我，他们做的一切都令我几乎无可挑剔。

“啊，您姐姐有孩子？”维纳教授有些惊讶地问。

奥尔加点了点头：“有个女儿，叫琪拉，今年十二岁，很可爱。她在学校成绩很好，尤其在语言方面很有天赋。我姐姐带着她刚来德国的时候，她还不会说德语，现在别人根本就听不出来她不是在这儿出生的了。”

啊，这是怎么听出来的？我又不理解了。难道人类还能听出别人是在哪儿出生的吗？这个我可不知道。

奥尔加又笑着说："琪拉肯定会喜欢跟妈妈来这儿的，她可以陪温斯顿玩。温斯顿有个伴，也就不会无聊了。"

喂，我一点儿都不无聊！奥尔加的这个歪主意是怎么想出来的？我很喜欢现在的生活，一点儿都不想改变。尤其是现在，我更不想有个孩子来这儿做客陪我玩。相反，我讨厌孩子！他们又吵又闹，还很没教养，我之前碰到过的孩子，多多少少都会让我有些恼火。他们拽我长长的胡须，甚至试图把它剪下来。

维纳教授有个哥哥，他家里的三个小毛孩尤其没教养：两个小女孩是双胞胎，另外还有一个稍微大一些的男孩。他们每次来林间大道做客，都会折磨我。无论是圣诞节还是复活节，他们总能想出一些让我头疼的恶作剧。去年圣诞节，他们想把一个绒球帽固定在我的头上，好让我看起来像圣诞老人。你能想象吗？他们竟然用上了胶水！维纳教授当然把这三个小恐怖分子训斥了一顿，但一切都晚了：那顶帽子紧紧地粘在了我的毛发上。最后奥尔加不得不用剪刀，才把它从我的毛发上取了下来。从那以后，我看上去就像一个彻头彻尾的傻瓜。简直太糟糕了！我——温斯顿·丘吉尔，就这么被毁容了。

这儿发生了什么，奥尔加去找迪特后谁来取代她……这些我都无所谓。别的什么都可以，就是别让孩子再来林间大道 106a 号了！神圣的油浸沙丁鱼[1]啊，别再来孩子了！

[1] 在猫的世界中，“神圣的油浸沙丁鱼”相当于“我的天哪”。——编者注

2 奥尔加的告别

要是猫的世界中也有神明的话，那他肯定没有听到我的祈祷。显然，我跟熊孩子们的故事还在继续。

当然，我要先跟奥尔加告别。对于我这么一只高贵的猫来说，这绝对是一次沉重的打击。

几天后，奥尔加拎着箱子出现在门口，迪特已经很不耐烦地在她身边来回踱步了。

我用怀疑的目光打量着他。我跟维纳教授一起看电视度过了无数个夜晚，我明白了人类喜欢成双结对地生活。如果一个男人爱上了一个女人，他们就会成为一对，厮守在一起。对于大多数人来说，这就是他们想要的生活。我跟维纳教授一起看过的电影中，有很多说的都是这件事。一旦爱情出了问题，那生活就复杂起来了。我常常想，要是没有爱情这回事，人们就会少很多压力。比方说，维纳教授就不会有这些烦恼，因为他是跟我，而不是跟一个女人一起住在林间大道。相对来说，男人跟猫，显然比男人和女人相处得更好。等奥尔加在那个迪特身边待久了，她大概也会明白这个道理。到时候，她的梦中情人，很快就会变成她的噩梦。那时，她就会后悔当初为什么没有留在这儿照顾温斯顿和维纳教授。我们可不该是她想抛弃就抛弃的！

奥尔加从裤袋里掏出了一串钥匙：“这是房子的钥匙。”

维纳教授点了点头。

我发现他没有笑，而且看上去很悲伤。做了这么多年宠物后，我也算知道怎么解读人类的表情了。通常情况下，我只要看维纳教授一眼，就知道他的心情怎么样。这一点很有用，尤其当我偷吃了什么东西的时候。只要看一眼他的脸，我就知道他是生气了还是只打算对此一笑了之，然后我再据此决定是赶紧溜走，还是在他身边偎依一会儿。

“好吧，也就是说你真的要跟我们告别了，是吧？”维纳教授想确认这一点。

难道他也希望奥尔加能在最后一刻改变主意吗？

“是的。”奥尔加说着，又往门厅外走了一步。

“安娜，”她大声喊道，“迪特来了，我们要走了！”

“等等！”厨房中传来一声巨响，“我就来了。”

过了没多久，安娜来到我们中间。我在她两腿之间来回嗅了嗅，显然她刚才在做菜，闻上去还挺好吃的。奇怪的是，她没有系围裙。不系好围裙，奥尔加是从来不做饭的。不过这下看来，不系围裙也是可以的。真有趣。

奥尔加在钥匙串中摸索了一阵，取下一把钥匙交给了安娜：“给你。亲爱的，你可得保管好了啊！当然，不只是钥匙，还要照顾好教授。也别忘了温斯顿。”

安娜一只手接过钥匙，另一只手在空中猛地一挥：“我发誓！”大家都被她的这一举动逗乐了，原本弥漫在整间房子中的悲伤气氛，也被这阵笑声稍微冲淡了一些。临别时，奥尔加握了握维纳教授的手。

维纳教授犹豫了一小会儿，然后拉住她的手臂，轻轻晃动了一下：“奥尔加，多保重！我会想念你的！”

喵，我也会的！可我不会说人话，我该怎么表达我的思念之情呢？我决定从地板上猛地蹿到钥匙板下方的柜子上，然后从那儿跃到奥尔加的手臂上，用行动说话！两秒钟后，我准确无误地落在了奥尔加的手臂上。

“喔唷，正面袭击。”奥尔加这样评论我在众目睽睽下的举动。

她摸了摸我的脖子，说：“我觉得，温斯顿是想跟我们走。”

“不行，不行，他必须待在这儿！”维纳教授赶紧说，“你们可不能都溜走！”

“那样对我也有些不公平。”迪特补充道，“我对猫有点儿过敏。长远来看，这无论是对我还是对猫都不好。”

太不可思议了！奥尔加竟然找了一个不喜欢猫的男人？这该不会是真的吧！她找男人的品位也太差了！我觉得自己受到了莫大的侮辱，从奥尔加的手臂上跳了下来，蜷缩到了厨房一角。我就在那儿一直待到了奥尔加和迪特离开。

谢天谢地，那天晚上，当我躺到我的小窝里准备睡觉的时候，我感觉好多了。安娜给我做了好吃的东西——真正的鸡肝配米饭。之后，她又一边吹着欢快的口哨，一边在房间里打扫卫生。奥尔加也经常这么干。也许我的生活并没有发生太多的改变。我这样满意地想着，不久就睡着了，还做起了美梦。我梦见了鸡肝，还有窗台上那属于我的、干净的、可以享受阳光的地方。

铃——铃——铃——！梦中，维纳教授坐在放着电话的小桌子边。电话响了，铃声起初还正常，慢慢地越来越急促。这可搅了我的美梦！快去接电话，维纳教授！可是维纳教授一直没有反应，他就坐在那里，任由电话那么响着。太不可思议了！难道他不觉得这铃声很吵吗？铃——！铃——！天哪，维纳教授，快去接电话！我的爪子可抓不起听筒。

可是维纳教授还是没有去接电话。电话响得越久，我就越清醒地意识到这阵铃声不是来自我的梦境，而是来自现实。那并不是电话铃声，而是某个人疯狂按门铃的声音，还是大半夜！这像什么话！

我挣扎着爬起来。这时，维纳教授也半睡半醒地从我身边走了过去。

“怎么了，温斯顿？”他想从我这儿知道发生了什么，可我怎么能答出这个问题呢！

“半夜三点，这个时候上门可有点儿晚了。”他打了个哈欠，通过门镜往外张望了一下。从那里，你可以看到走廊上的情况。

“啊，原来是你！”他脱口而出。显然，这不速之客很让他意外。

维纳教授把房内的门链解开，门开了一道缝。门外站着安娜。还有一个身材瘦弱、满脸可怜相的小女孩，她正朝门内张望。

3 安娜和瓦迪姆

安娜两眼肿肿的，跟几个小时前看上去有些不一样。

她身边的女孩好像被冻着了，站在那儿微微发抖。或者她是害怕了？可为什么呢？肯定不是因为维纳教授或者我。维纳教授身着浴袍，这副样子肯定不凶；我呢，毕竟只是一只猫。反正维纳教授的哥哥家的那些野小子从来没怕过我，而他们的年纪显然比那个女孩还要小一些。

“你好，我不想就这么贸然闯进来，所以按了门铃。”安娜的声音有些发抖。

她身边的女孩仍然一言不发。这是琪拉吗？肯定是的。至少她跟安娜长得很像，都有金色的头发，还有一模一样的大眼睛。

维纳教授还没开口，也许他是不知道该说什么吧！现在，他终于清了清嗓子：“你好，安娜。这可真是出乎我意料。出什么事了吗？”

安娜点了点头：“我……嗯……”她的声音很轻。

“是的，出了点儿状况。我跟我男朋友闹翻了，现在我不知道该去哪儿。家里我和琪拉是不能待了，那儿……”她犹豫了一下，“出了点儿状况。”

“哦。”维纳教授没有多说，就把门完全打开了。

安娜和那个女孩走进了屋里，我看见安娜还带着一个很大的袋子。

“你们可以睡客房。等明天醒了我们再好好谈谈。”维纳教授建议说。

安娜点点头，琪拉还是一言不发。她们俩沿着过道，走向了客房。

就在她们俩进房前，安娜又回了次头：“谢谢你，教授！”

“啊，没关系的。睡个好觉，我现在也要睡了。”维纳教授说着也走向了自己的床。

我也悻悻地回到了自己的小窝。这个夜晚真是太特别了！我觉得，我不能就这么接着睡了。

事实上，我在床上辗转反侧，怎么也睡不着。我试着去想一些美妙的东西，比如说一大份沙丁鱼千层面。但还是没用。尽管我很累，可我脑子里要想的事情实在太多了。安娜到底遇到了什么问题，要深更半夜带着女儿投奔我们？这可真是有些太疯狂了。反正，我想我们林间大道106a号从此要变得更热闹了。

维纳教授是那种典型的深居简出的人。他白天在大学里做研究。他研究的东西很小很小，肉眼根本看不见。人们管它们叫原子，维纳教授也看不见原子，但他却相信它的确存在。这一点他跟他的姐姐很像。他的姐姐是个牧师，也相信世界上存在着什么看不见的东西。这些奇怪的人啊！我只相信鸡肝拌香菜，因为无论是鸡肝还是香菜，我都看得见！

不行，没用，我还是睡不着。而且这样睁着眼睛躺久了，我早就饿了。我决定去看一眼我的饭碗，也许会有奇迹出现——有什么好吃的东西会跑进碗去。

我刚爬到厨房，就听见一阵很不常见的响动。这阵响动来自客房，我悄悄溜了过去。随着我慢慢走近，我听清了这是啜泣声。有人在哭。难道是安娜？我用嘴撞了撞门。门没有关紧，我打开，偷偷溜进了房间。

有一个身影坐在双人床的一侧。黑暗中，好一会儿，我才认出那不是安娜，而是琪拉。她真的在哭。好吧，虽然她是个孩子，而孩子百分之百会让我神经紧张，但是看到她哭了，我还是为她感到难过。我轻轻朝她走去，来到她坐的那一侧，舔了舔她的手。通常，这间屋子里，猫是不被允许跳到人的床上的。不过我也管不了这么多了，毕竟是紧急情况嘛！何况，床的另一侧传来了一阵鼾声，安娜睡得正香呢！她也没机会骂我了。

“哎哟，痒死了。”刚才还在哭的琪拉，现在轻轻笑了起来。接着，她伸出手，开始抚摸我。

我就像接收到了指令一样开始发出咕噜咕噜的声音。要说我从人类的沟通中学到了什么的话，那就是每一个行动都需要得到回应。这样一来，我也有了驯服人类的良方。每次他们做了什么让我喜欢的动作，我就会表扬他们——对于人类来说，一只猫发出咕噜声就是对他们最好的表扬，至少很多人对此都很高兴。果然，琪拉慢慢止住了哭声，把我揽到了她的怀里。

“你真是太贴心了，妈妈已经跟我说过你了！”琪拉的声

音听起来和安娜与奥尔加的有很大区别。在发“R”这个音的时候，她的小舌基本不颤动，因此她说话的声音很柔和。她的声音更像维纳教授的，只是她带着孩子特有的腔调。人们真的能够由此听出一个人是从哪儿来的吗？我还没来得及细想，琪拉就开始挠我的脖子。我伸了个大大的懒腰，翻了个身，好让琪拉也抚摸我的肚子。这种感觉真是太棒了！

“你喜欢这样，对吗？”

要是我能说个“是”该多好，可惜我不会说话，所以只能用更为响亮的咕噜声作为回应。

琪拉凑近我，把头埋进了我的毛发里。她在我身上趴了好一会儿，才重新坐起来：“我现在好多了。你知道，对我来说，今天是很糟糕的一天。好吧，确切来说是很糟糕的一个晚上。”

我从她怀中翻了个身，在床上坐直了身子。这个故事听上去很有趣。要是我摆出一副聚精会神的样子，或许琪拉就会讲给我听了。于是，我竖起了耳朵，做出一副饶有兴趣的样子，盼着琪拉在黑暗中也能看清我的脸。

“你肯定不信到底发生了什么。我自己都不相信。你要是愿意的话，我就讲给你听。”

太棒了，她发现我想听故事了。这个女孩绝对跟我们猫咪心有灵犀。我把头靠在了她怀里，竖起耳朵听着。

“是这样的，今晚，就在我快要上床睡觉的时候，瓦迪姆回来了。瓦迪姆是我妈妈的男朋友，我们一年前就跟他住到一块儿了。平时他很友善，可有时候他也会很火暴。今天就是这样，他一进门我就感觉到了，他整个人就像一张绷紧的弓！妈妈跟他说自己找到了新工作，可是他根本就不想听。他气急了，因为他刚刚跟一个朋友吵了一架。他那副样子真的是气急败坏！我赶紧躺到了床上，因为瓦迪姆生气的时候，出现在他眼前绝对是不明智的。接着，他就开始跟妈妈吵架。他冲她咆哮，虽然我扯起被子遮住了脑袋，但还是把一切听得一清二楚。”

就我个人而言，我是受不了那些大吵大叫的人的。我的听力很棒，他们要跟我说什么事情的话，根本不需要大声嚷嚷。幸好我认识的人都没有这种坏习惯。维纳教授总是说，要是学生们说话声太大，他自己就会降低音量，这样大家都会静下心来听他讲话了。他说得没错，当他小声说话的时候，我也会听得更加用心。

“不知什么时候，门铃响了。而且还不止响了一次，不，是一直响个不停。”

我该说什么呢？这场景我似乎很熟悉啊！

“可是瓦迪姆没去开门。妈妈也没去，因为瓦迪姆不让她开——我们最好是按照瓦迪姆说的去做，尤其是在他生气的时候。”

什么？这个人真是太可气了！我脖子上的毛都竖起来了。大吵大叫，还对别人指手画脚，这算什么！作为一只猫，我绝对做不出这样的事情。要是我是一只狗，那还有可能。我觉得，狗很喜欢被人们呼来唤去的，可对于一只猫来说，这绝对不行！我的咕噜声又大了一些，向琪拉表明：我是完全站在她这边的，我是绝对不赞成瓦迪姆的做法的。

她冲我笑了笑，继续抚摸着我说：“终于，门铃声停了。有人使劲敲门，并大声喊着：‘开门！警察！’我吓坏了。你想想看——警察！半夜来敲门！”

说实话，我其实也不太清楚警察到底是什么。我只知道要是警察找上门，有些人就得遭殃了，我在电视上看到过这一幕，不过现实生活中，我还从没有跟警察打过交道。这主要是因为我只有去看兽医的时候，才离开维纳教授家。通常，在兽医诊所是遇不见警察的。至少在电视上，我还从没看到哪个警察跟兽医有过对话。当然，我也常常在想，影片内外的生活是不是真的有那么大的差别。但要弄清楚这个问题，我得出去转转才行，目前我可绝对没有这个打算。

“接着，突然传来一阵巨响。那些警察不知怎么就进门了。也许他们是撞门进来的，反正瓦迪姆是肯定不会主动给他们开门的。走廊上传来一阵大叫，接着，卧室的门开了。妈妈进来把我从床上拉了起来，叫我赶紧穿好衣服，因为警察建议她马上带我离开。他们要在这儿找什么东西，我们最好别待在这里。所以，妈妈就给我们打包了些东西。接下来的事情，你已经知道了。”琪拉打了个哈欠，“你知道吗，温斯顿，虽然今天的事情很恐怖，但我还是很高兴，因为我们终于离开了那里。我觉得妈妈不会再回瓦迪姆那儿去了，他们俩经常吵架。”

这是怎样的一个故事啊！一听就让我心跳加速！一想到半夜离家出走，来到一幢完全陌生的房子里，我就已经害怕不已了。尽管我是一只英勇无畏的宠物，但我还是得承认这一点。而对于琪拉这么一个弱小的女孩来说，这得多糟糕啊！我都被吓着了！我真希望琪拉和安娜带到林间大道的只有那个大袋子，而没有警察之类的。不管怎么样，我们必须当心，千万不要让瓦迪姆出现在我们门前。

这真是太让我难过了。也许让安娜和琪拉赶紧离开才是最明智的，最好是明天吃完早饭就走，至少我是不希望跟瓦迪姆这样的恶人打交道的。我怎样才能让维纳教授明白这一点呢？我得再好好想想。我突然觉得很困，但回我的小窝好像太远了，于是我就在琪拉的脚边蜷缩成一团，闭上了眼睛。毕竟，明天又是新的一天。

4 欢迎新室友们

我从没想过，原来跟人睡在一张床上，其实还挺舒服的。我没有在维纳教授的床上试过，因为他的房间是我的禁地。反正现在睡在琪拉身边，我感觉还是相当不错的。她呼吸很均匀，也没有像她妈妈一样打鼾。

我就这么沉沉地睡了一觉，直到月光慢慢在窗外散去，新的一天又开始了。为了不吵醒琪拉，我爬到了床头，注视着她。她的脸看上去很平静，真是太美了！我把脸贴在了她的脸旁，身体往被子里钻了钻，又闭上了眼睛。要是能在吃早饭前再小睡一会儿，这绝对是最佳的姿势。

就在我快要睡着的时候，盖在身上的被子突然被一把扯

开了，一股冷气很快把我吹回到现实中。嘿，这算什么！我小心地睁开眼，可是很快就又不得不闭上。在床上方，一盏灯明晃晃地亮着，正好照在我脸上。好吧，看来是有人要用暴力把我们从床上赶下来。问题是：谁要这么干？又是为什么？

“琪拉，起床了！你必须得起来了！要不上学就迟到了！”安娜站在我们身边，看上去已经站了好久了。

琪拉挣扎着爬了起来：“老天哪，妈妈，我还困得很呢！”

“我知道。妈妈对不住你。不过从林间大道到学校，你至少要花将近一个小时呢！你想要八点钟到那儿的话，就得马上走了。”

嘿！虽然我不知道八点钟到底是什么时候，不过我很确定的是，在这个点，维纳教授一般都还在睡着，或者刚开始喝第一杯咖啡。早上，我们两个人都喜欢慢悠悠地起床。不过要是一个人得去上学的话，恐怕是享不了这个福了。是不是所有的孩子都得在同一个时间到学校啊？如果是的话，这又是谁的馊主意呢？如果每个人都想几点到就几点到，岂不是对大家都好得多吗？

幸好琪拉和安娜也就在这儿睡一个晚上，我可不想每天早上都这么早被吵醒。

"您想想就知道了！我得有多么痛苦啊！"安娜和维纳教授坐在客厅的大沙发上，我躺在窗台上。一刻钟前，安娜就开始喋喋不休地给维纳教授讲我昨晚听过的故事，但略去了警察找上门那一段。她支吾着说，瓦迪姆那个坏蛋就那样把她跟琪拉赶出了门。真是太奇怪了……难道是维纳教授不喜欢听警察的事情吗？

安娜一边说，一边夸张地挥舞着双手。我不得不经常躲闪开，才不至于被她的手打中鼻子。在这一点上，她跟奥尔加可绝对不一样：奥尔加说话总是慢条斯理的，而安娜看上去绝对是精力十足，动个不停。对于我这么一只每天只想在沙发上安安稳稳地躺着的猫，这真的很难理解。干吗要跟自己这么过不去呢？

不过我也不得不承认，经历了昨晚那些事情之后，安娜的确有理由变得这么一惊一乍的。琪拉出门去上学之前，也还没有从惊吓中缓过来。这个可怜的孩子啊，竟然这么早就要去上学，到现在我仍觉得不可思议。一想到这个，我就忍不住要打哈欠、伸懒腰了。等安娜的情绪稳定下来后，我还得再睡上一觉。在午饭前打个盹儿，对我绝对没坏处。等吃完了饭，我再睡上一觉，今天就这么平静地结束了。

反正安娜得赶紧把话说完！要知道，她占的可是我的沙

发，坐的也是我的位置。维纳教授几乎不用这沙发，所以当只有我们俩的时候，这沙发就成了我的专属领地。当午后的太阳照在座垫上的时候，再也没有哪个位置比这儿更舒服了。我真的希望安娜今后不要与我在这一点上产生争执。因为她是来干活的，而不是在沙发上坐着的。

门铃响了。怪事可真是一桩接着一桩。以前，这儿一般没有访客——更别说深更半夜了。

维纳教授叹了口气，从沙发上站了起来："肯定是送信的。稍等，我马上就回来。"

没错，有时候那个女邮差也会给我们送包裹。真是太无聊了。我还是在窗台上再躺会儿吧，最好维纳教授一去不回，这样他的沙发就空出来了。

走廊上传来两个声音。一个是维纳教授的，可另一个却不属于邮差，而是琪拉的。难道已经放学了吗？那今天的课可真够短的。要是维纳教授去大学的话，通常都会在那儿待上几个小时。所以我没想到琪拉竟然在午饭前就回来了。不过就算这样，她大概也不会跟我抢吃的。反正我想象不出她从我碗里偷吃东西的样子。

我从窗台上跳起来，对琪拉表示欢迎。昨晚睡在她身边还是挺舒服的，也许我可以让她再摸摸我。

可还没等我走到门口，维纳教授和琪拉已经走进了客厅。我用绿色的眼睛定神一望，就看出不对劲了，而且是非常不对劲！琪拉看上去比昨晚站在门口时更惊慌失措，她脸上全是水，还有很多脏东西。她显然是大哭了一场，不，她现在也还在哭。安娜今天早上给她精心梳过的头发，现在也乱糟糟的；她牛仔裤的膝盖部位破了个洞，之前绝对是没有的。我感觉自己尾巴上的毛竖了起来：危险已经来临了。

安娜从沙发上跳了起来："我的天哪，琪拉！你今天出什么事了？"

"妈妈，我很害怕。瓦迪姆——他来我们学校了。他想知道你现在在哪里，我不告诉他，他就在那儿发脾气。"琪拉已经哽咽得有些说不出话了。

安娜摸了摸她的头，轻声说了些什么，听上去像是"嘘嘘嘘"，琪拉也慢慢平静了一些。

"他在学校四处咆哮，说他待在学校不走了，除非我告诉他昨晚我们睡在了哪里。"

“他打你了吗？你看上去可糟了。”安娜问。

琪拉摇了摇头：“没有，不过我很怕他对我做什么，所以我就跑得很快，中途摔了一跤。我的膝盖擦破了点儿皮，其他都没事。”

维纳教授清了清嗓子：“这个瓦迪姆，你认识吗？”

安娜点了点头：“认识，就是我跟您说的那个男朋友。”

“你得报警，马上！”

安娜坚定地摇了摇头：“不行！不能报警！绝对不行！”

“为什么呢？这个人很危险，他都来威胁你女儿了！”

“我知道，可是警察一来，一切都会变得更糟糕。”

什么？警察来了，一切会变得更糟糕？如果是被鱼刺卡住了，当然最好还是别报警！可现在发生的事情，哪怕是像我这么勇敢的猫咪都已经有些受不了了。

维纳教授摇了摇头，若有所思地望着安娜和琪拉：“好吧，你们说了算。但你们可千万别再回去了，琪拉也不能再回原来的学校了。太危险了！”

安娜耸了耸肩：“嗯，也许您说得没错。可我们该怎么办呢？琪拉总得上学啊！”

“嗯。”维纳教授陷入了沉思。他思考的时候，话总是很少。我们都焦急地等待着，期待他能想出什么点子。

维纳教授又“嗯”了一声，然后深吸了一口气：“琪拉，你说说，你是不是个好学生？”

琪拉还没来得及开口，安娜的回答就已经像子弹一样脱膛而出：“当然了！琪拉绝对是个好学生。她的成绩每次不是第一，就是第二——我根本不用操心她的学业。”

显然，这又是母亲的骄傲在作祟。安娜现在就像一个饲养员，正津津乐道地炫耀自己的猫在展览会上的表现。我知道我在说什么，因为我就出身于一个血统高贵的英国短毛猫[1]家族。要是我没记错的话，我的饲养员客厅的架子上摆着一溜儿奖杯，其中就有全世界最名贵的英国短毛猫的冠军奖杯。好吧，也许只是德国最名贵的，反正我们的饲养员十分引以为豪。不过，琪拉好像对她母亲的这一突然举动不太领情，她有些尴尬地低头望着自己的脚尖，来回搓动着双手。

“啊，妈妈，别这样说。我也没那么优秀，我不是爱慕虚荣的人。”

维纳教授笑了：“你当然不是爱慕虚荣的人！我只想知道你在学校是不是表现很好，看来你表现得的确不错。好极了！我有个主意，我们大学旁边有所中学，我认识那儿的女

[1] 英国短毛猫，一种较为名贵的猫，原产地英国，因英俊外形而广为喜爱。——编者注

校长。有时候我会请那儿的学生来听我的课，好让他们对物理这门课有更好的了解。她欠我一个人情，我可以问问她能不能让琪拉去她那儿上学——至少要待到这阵风头过去，瓦迪姆消停了再说。不过，那所学校对学生要求很严，所以我才问你是不是好学生。”

安娜抬了抬下巴：“对我女儿来说，要求严格根本不是什么问题。”

琪拉叹了口气，不过没有说什么。

“太好了！那我建议你们先在我这儿住一段时间，让琪拉去那所威廉中学就读，我会搞定转学的事的。”他向安娜伸出了手。

安娜犹豫了一会儿，最终还是击掌表示同意：“谢谢，我真不知道您为什么要对我们这么好。”

维纳教授微微一笑：“首先，我是个好人。其次，我还从没跟一户人家一起生活过。这对我来说是崭新的经历，我对此也很期待。反正我这儿也有空房，只是举手之劳，有何不可呢？”

“好吧，我相信我们会相处得很愉快的。”

“没错。欢迎欢迎，新室友们！”这下，他们俩都笑了，连琪拉也挤出了一丝笑容。看来她也觉得这个主意不错。

我此时此刻是怎么想的，这些两条腿的人是不会在乎的。他们就是这样。我也是这儿的住户啊，跟维纳教授不同的是，我觉得我们两个本来就像一户人家，一切都很棒！

但琪拉还会让我在她的床上睡觉吗？如果会的话也还不错，就是早上起得早了些。我可不想再起那么早了！我决定先观察几天，然后再做决定。

事后来看，我可是越来越狡猾了。反正狡猾也不是人类的专利，我们猫咪也很狡猾。

5　外面的世界和野猫

“什么？温斯顿从不出门？他就一直待在家里？一直？”琪拉听得目瞪口呆。

为什么不行呢？我们房子里一切都很好啊！维纳教授刚刚给琪拉解释了我是一只家猫，从来不去外面散步。

这样做的后果，就是琪拉现在满脸同情地望着我，还摸了摸我的头：“小可怜啊！你肯定无聊坏了。”

胡说八道！我一点儿都不无聊，简直好得不能再好，尤其是在有人像半小时前那样不停地摸我肚子的时候。

接着，她又问维纳教授有没有给我用的绳子，好让她带我去散步。

散步！被绳子拴着散步！我又不是狗！

维纳教授若有所思地望着我："绳子我可没有。我以前总是想，温斯顿应该对自己的生活很满意才是。不过，也许你说得对，他要多出去走走。最近他看上去好像又胖了一圈，肯定是你妈妈把他惯坏了。"

他笑了笑，这不禁令我勃然大怒。好吧，安娜在我们这儿干活的这三周里，我也许是胖了那么一点点，但肯定谈不上胖了一圈。这也太夸张了！

我觉得自己受了莫大的侮辱，想要溜回自己的小窝。

琪拉却一把抓住了我的手，把我转了个身，望着我的脸，直视着我的眼睛："我看出来了，你也想出去。不过我们还得想想用什么东西替代绳子，然后我们就可以出去了。一言为定！"

这哪是什么承诺，简直就是赤裸裸的胁迫。我不想出去！我用尽全力喵喵大叫，想让琪拉放弃自己的蠢念头。

"哦，你听听，维纳教授，温斯顿乐坏了！"琪拉两眼放光，把我放在了地板上。

喂，我这是被气得七窍生烟了好吗！

趁着她回客房的工夫，我赶紧溜回了自己的小窝。

可不一会儿，琪拉又出现了，手上还拿着一根闪闪发光的带子：“你看，温斯顿，这是我的橡皮丝带，我可以用它给你做一根绳子。”琪拉在丝带一头打了一个结，跪到我身旁，把丝带绑在了我的脖子上。

真是要命！我瞬间就要窒息了，只能可怜兮兮地喵喵叫了几声。

“好的，太棒了！”琪拉摸了摸我，“我们马上出发！我知道你等不及了！”说着，她站了起来，朝房门走去。来到门口，她把绳子稍微松开了一些，轻轻地拽了拽我。

可我站在原地纹丝不动。

“快，温斯顿！我们去冒险了！”

琪拉用力拉了拉绳子。橡皮带越拉越长，越来越紧。

我的脖子非常不舒服，我不得不从小窝里走了出来。这简直是我的耻辱：我，温斯顿·丘吉尔，竟然就这样在暴力面前屈服了！

离门越近，我的鼻子就越痒。上一次我出门，已经是很久以前的事情了。外面有什么在等着我呢？这次可不是我自己要抢着出门的。不过也许我能碰见另一只公猫或者母猫，也许是很有趣的事情。到现在为止，我还没有过这样难忘的经历。不过谁知道呢？最重要的是，千万别碰见狗。狗对我来说真是太可怕了。我当然知道自己要比狗聪明很多，或者确切来说，我比狗要狡猾很多。不过现实生活中，我还从没见到过真的狗，也许他们比我想象的还要笨，但也可能要强壮许多。反正千万别让我遇见狗！

下楼梯的时候，琪拉轻轻抱起了我。

我四下张望了一下。这里我曾经来过几次，但我还从没有留心过周围的环境。不过有一点是肯定的：楼梯绝对是一个很无聊的地方。这儿满是清洁剂的味道，闻上去跟安娜用来清洗地板的清洁剂差不多；此外，这儿很黑，周围也看不见别的猫。也许院子里的那些猫从来不从底下的门进出，不过好在我也没看见狗。如果我们这次小郊游不能给我带来更多历险的话，那么我宁愿在沙发上躺着。

来到楼下，琪拉打开了公寓的门，突然，一阵刺眼的阳光照进了过道里。我的瞳孔很快眯成了一条线，只要再往前一步，我跟琪拉就要出门了。外面吹进来一股新鲜的空气，闻上去有树叶、汽车、烟灰，还有……没错，真的还有其他猫咪的味道！我条件反射般从琪拉的怀抱中挣脱开来，向人行道上跳跃着跑去。哎哟，我的脖子猛地一紧，这才想起原来我还被那根讨厌的绳子拴着呢！随便了，反正这也是橡胶的，要是带我来散步的话，那肯定得由我来决定方向。我二话不说，就朝着有猫咪味道的方向冲了过去。

“嗨，温斯顿，慢点儿！你这么着急是想去哪儿？”琪拉虽然还紧紧抓着绳子，却也不由自主地跟在我后面跑了起来。

勇敢的女孩！我怎么不会说话呢？作为一只老练的猫咪，我要好好训练一下这些人类！我把鼻子紧贴地面，搜寻着同类的踪迹。我能准确地嗅出这股味道，他们曾经就在这儿待过，有两三只。突然，我感觉到了一股狂野和危险的气息！人行道上的痕迹一直通向我们这座房子的后院。我就知道！我闻到的是院子里那些野猫的味道！

要是几个星期前有人跟我说我应该去找那些毛发乱糟糟的同类，那么我肯定会对此嗤之以鼻。不对，我肯定会勃然大怒的。不过，自从琪拉来了，我的生活就发生了改变，不再那么平静了。尽管不是我抢着要出来玩，但现在我觉得出门也挺有趣的。为什么不尝试一下新鲜事物呢？好吧，也许不是我的生活变了，而是我——温斯顿变了。至少变了那么一点点。

院子里的味道闻上去就像我之前见过的那三只猫的，我曾经透过厨房的窗户打量过他们。其中一只身上有虎皮斑纹，个头很大；另一只亮棕色的猫，毛发简直乱得一团糟；还有一只白色的小猫，全身脏兮兮的，要是好好打理一下，应该还是挺漂亮的。通过窗户我当然看不出他们是公猫还是母猫，不过根据我嗅出的味道，这里面既有公猫，也有母猫。

“你们瞧，这不是二楼那个家伙嘛！”从我右上方传来一个公猫的声音，没错，那只胖胖的虎斑猫就坐在垃圾箱下面，正冲着我笑，“天哪，太不可思议了，他竟然让绳子牵着走！我都快笑死了！我还从没见过这样的，这家伙脑子多不正常啊！”

“真的吗？让我瞧瞧。”远处传来另一个声音。啊！那个毛发乱糟糟的家伙也是一只公猫，他坐在窗台上，正盯着我看。这时，他突然从窗台上跳下来，朝我冲了过来。我感觉颈部的寒毛都竖了起来。他要对我做什么？一只公猫遇见另一只公猫，会发生什么！哼！温斯顿，镇定些！我们纯种英国短毛猫，是绝对不会害怕的！

“你好啊，小子！”那只棕毛猫故意拖长了声调说，“你也能下来玩，真是太好了。我们以前还老讨论，你怎么从来不出门呢！我们还以为你病了，瘸了，或者有些别的什么毛病。不过除了这根搞笑的绳子，你现在看上去还是很酷的。”

什么？很酷？我不知道这是什么意思。

那只棕毛猫绕着我走了一圈，琪拉蹲下身子，也摸了摸他的背：“哦，你看，温斯顿！我们马上就给你找到一个朋友了！太棒了！”

什么？他是我的朋友？我很怀疑。这位“酷先生”听上去可真是有些……不友好啊！不过，琪拉是人类，肯定没听懂他刚刚对我说了什么。

我清了清嗓子，好让声音听上去不是那么干涩：“嗯。允许我自我介绍一下吗？我叫温斯顿，全名是温斯顿·丘吉尔。我不残疾，只是觉得待在家里很舒服。你们为什么要在黑乎乎的院子里瞎跑呢？这儿可不是什么好地方啊！”哈哈！果断回击！但愿这样会有效果。

现在这只棕毛猫已经听得目瞪口呆了：“温斯顿·丘吉尔？这是什么蠢名字？”

什么？你这个狂徒！

“这个名字很好理解。我是纯种的英国短毛猫，温斯顿·丘吉尔是英国历史上最著名的首相。”

“什么首相？我不知道。好吧，反正我叫卡拉梅尔。很简单，也很好记，跟我毛发的颜色差不多。[1]”

“幸会。”

“什么？”

“幸会。我们圈子里的人初次见面，都会这么说。”

“你的脑子真是不太正常，还说什么我们圈子里的人。随你吧！我就纳闷一个问题：那个小孩为什么把你当狗一样拴着呢？被绳子拴着走路，这真是太可怕了。或者你们圈子里的人有别的看法？”

他转过身，我也朝着他的方向转去。事实上，那只虎斑猫也正在向我们走近，远处还跟着那只小白猫。显然，她是一只母猫。

[1] 卡拉梅尔（Karamell）与 Karamel 谐音，在德语中是棕色、焦糖色的意思。——译者注

“嗨，斯皮克，你见过用绳子拴着的猫吗？”

那只叫斯皮克的猫摇了摇头：“没，我刚刚不是说了嘛，我都快笑死了。你怎么看？”

那只小白猫也走到了我身边。我不得不说，作为一只野猫，她的确长得很优雅，简直就像一个淑女！哎呀，看我胡说什么呢，她就是一个淑女。从她抬头的那股贵族气质就能看出来。尽管身上到处都是污迹，欧德特还是很漂亮。我感到有些尴尬了：我面前坐着这么一个美丽的淑女，而我却被一根橡皮筋做的绳子牵着。喵呜！

“英国短毛猫？”欧德特歪着脑袋打量着我，“哎呀，你们这些野猫真是大惊小怪。温斯顿被绳子拴着，也许他是怕自己过了马路，即使没被车撞死也会找不到家了。他就是被娇生惯养坏了。”

什么？这个美丽的欧德特竟然说我是胆小鬼。这太伤人了。突然，我对这次糟糕的出游已经提不起半点儿兴致了。我一下跃回了琪拉怀里，蜷缩在了她的羊毛衫里。

“哎哟，温斯顿！你这是干吗，快跟你的新朋友们玩一会儿啊！”

哼，这些人可不是我的新朋友。我要离开这里！琪拉还想把我再放回地上，不过我紧紧地抓着她，直到她作罢。

“喂，你这是怎么了？跟其他猫一起玩不好吗？你想回去了？”我咕噜了一声。没错，我要回去了。

琪拉叹了口气：“好吧，我知道了。新来的总是很难这么快就合群的，对吧？我明白。我现在也有跟你一样的问题。走吧，我们去楼上休息一会儿。”

首先，这个主意不错！其次，为什么琪拉也有跟我一样的问题？

6 人类、“笨山羊”和蠢丫头

“最讨厌的就是那个莱奥尼，简直让我恶心死了！简直就是只‘笨山羊’！”

经过了院子里那次惊心动魄的出游后，琪拉和我一起躺在客厅的沙发上休息。其实呢，是我躺在沙发上休息，琪拉摸着我的肚子，向我讲她在新学校的经历。渐渐地，我总算明白了琪拉这个新人的日子为什么会不好过了。最主要的原因就是那个莱奥尼，因为她是一只“笨山羊”。我当然有些奇怪，为什么两条腿的人同时也可以是四条腿的山羊。之前，我一直以为山羊应该在哪个草坪上闲逛，一边咩咩叫一边吃草，看来实际情况不是这样的。咩咩叫的“山羊”坐在威廉

中学七年级C班的教室里，咩咩叫着打搅其他女孩上课。真是太恶心了！跟她比起来，卡拉梅尔、斯皮克和欧德特简直都可以算天使了。

“你知道吗？那儿的人都比妈妈和我有钱得多，所以他们穿的都是很酷的衣服，都是名牌。再看看我，我只能穿H&M[1]之类的衣服。”

好吧，其实我听不太懂，不过我干吗要去了解名牌衣服呢？我有一身毛，那就足够了。当然了，我的毛发很漂亮，又厚又黑。就算再怎么样这也只是毛发，我也犯不着在外面再套一件衣服去保护它们，哪怕是名牌我也不穿。再说那有什么好的？我轻轻推了一下琪拉，好让她继续讲下去。

琪拉咯咯一笑：“嗨，温斯顿，这算什么？我让你觉得无聊了？”

不是的，恰恰相反！我觉得这些关于人类的讯息都很有趣，维纳教授还从没给我讲过这些事情。

“莱奥尼在这个班上好像挺有势力的。全班都得看以她为首的那个小集团里的人的脸色：她看不起的人，在班上也找不到别的朋友，或者只能交那些一点儿都不酷、谁都看不起

[1] H&M是来自瑞典的连锁服饰店的名字，是欧洲最大的服饰零售商，以平价策略提供流行服饰。——编者注

的朋友。我现在就担心自己被打上‘不够酷’的标签，那我就完蛋了。那我还不如回到原来的学校去，让瓦迪姆收拾我呢。”她重重地叹了口气，仿佛有一块巨石压在她胸口。可怜的人啊！莱奥尼肯定是个大坏蛋，弄得琪拉现在都宁愿跟瓦迪姆打交道了。“哎呀，温斯顿，我要知道自己该怎么做才能让莱奥尼瞧上眼就好了！”

喵！我一时半会儿也想不出什么好主意，何况我也不是擅长被人“瞧上眼”的专家，连院子里那三只讨厌的野猫都搞不定。一想到这个，我浑身都不自在了。真是太不可思议了：温斯顿·丘吉尔——一只纯种猫——竟然被绳子牵着在后院里走，还被三只野猫给当成傻子嘲笑。这简直是奇耻大辱啊！我很肯定，那个欧德特现在一想起我，肯定还笑得花枝乱颤呢！

“嗯，我也不能请她到家里来玩，因为这儿是教授的房子。我也不能求妈妈开辆大轿车把我送到学校去，因为我们没有车，连辆小一点儿的都没有。我甚至没有什么值钱的东西可以带到学校去。”

嗯，值钱的东西。也许她可以把我带去啊，我相信自己

还是很值钱的，好歹我也是全德冠军猫[1]的后代。我妈妈是她那个年龄段的全德冠军，我爸爸也在技能表演中表现优异。所以我觉得，这些优良基因在我身上也有体现。一只优雅而且品种高贵的猫——这是我对自己最切实际的评价。不过，我还有一个小缺陷：我的眼睛是绿色的。根据我们种族的标准，黄色的眼睛才更好，不过“人无完人”嘛！反正我还是很值钱的，或许我应该说服琪拉把我带到学校去。这肯定会让莱奥尼对她刮目相看的。这样一来，琪拉的问题也就解决了。可是，我怎么让她明白这一点呢？

琪拉又叹了口气：“莱奥尼还不是我唯一的问题，现在一切都一团糟。”

一团糟？是“山羊”们的缘故？看来她们学校的“山羊”还真不少啊！

“你知道吗，温斯顿，妈妈也有些不对劲。瓦迪姆已经够让我们头疼了，可是就算我们摆脱了他，妈妈仍然不怎么高兴。晚上，当她以为我已经睡着了的时候，她自己就会把头埋在枕头里面偷偷哭。我觉得她是被那个混蛋招来的警察给吓着了。”

---

[1] 全德冠军猫，前文说的温斯顿是纯种英国短毛猫，饲养员家有冠军奖杯，故温斯顿有此信心。——编者注

哦，这可不妙。招惹了警察，可比招惹了山羊更让人讨厌，不管是两条腿的还是四条腿的“山羊”都一样。我又离琪拉近了一些。在这个险恶的世界里，拥抱一下总不是什么坏事！

琪拉摸了摸我的肚子，继续说：“尽管妈妈不承认，但我还是看到她又收到警察寄来的信了。她被传唤去警察局回答问题。”

琪拉的声音听上去更阴郁了一些。

尽管我不是很确定警察局是什么东西，但那儿总归不像是什么好地方；而且那儿的麻烦，似乎也不是开辆大轿车或者穿件名牌服装就能解决的。

我不禁也有些哽咽了。作为一只公猫，我已经算是特立独行了。我不会一心念着哪个两条腿的人不放，不过我必须承认，现在我还是挺喜欢琪拉的，看到她遇到了这么多严重的问题，我也实在有些于心不忍。我怎样才能帮到她呢？

“要是妈妈愿意告诉我到底遇到了什么问题就好了！那我们就能一起制定应对计划，说不定还能请维纳教授帮忙。他那么聪明，肯定能想出一些好办法的。可惜妈妈死活不愿意让维纳教授了解她的苦衷，连我也不愿意说。我真的快要绝望了，我一点儿都不喜欢我现在的生活！”接着，又是一声沉重的叹息。

不，不要——绝对不可以这样！我以我长长的胡须发誓：我——温斯顿——要让琪拉重新变回一个开心的女孩，至少不能不开心。尽管我现在还不知道该怎么做，不过早晚会想出办法的。毕竟我是一只猫，而猫总是有好主意的，要不我跟狗就没啥区别了！

最初的想法往往也是最好的。我决定第二天就跟着琪拉去学校，让她在那个愚蠢的莱奥尼面前惊艳一把。作为一只猫，如果警察要找她们什么麻烦，我估计也帮不上什么忙。不过对付“山羊”我还是可以的！我只要抓准时机，从房门溜出去，然后跟着琪拉跑就可以了。这应该不算太难。

这天早上，我没有在琪拉起床进浴室后重新睡下，而是从我的小窝里爬了出来，飞快地跑到门边。吃早饭前，安娜总是要下楼去取报纸，这就是我溜出门的最佳机会，因为安娜总会在出门时留一条缝。我的计划是在过道里找个地方躲起来，直到琪拉出门。这样的话，谁都不会发现我。

事实上，当安娜出门去开信箱时，她根本就没有注意到我。我偷偷溜到外头，蹿到了上一层楼的楼梯里。我就在那儿等着，直到听到了琪拉的脚步声，才嗖的一声溜下楼，在她出楼门前逮住了她。

“嘿，温斯顿，你在这儿干吗？”琪拉大吃了一惊，不过并没有把我送回房间里。

太好了！我的计划已经实现一半了。现在，我得让琪拉明白我想跟她去学校。当然，我不能被绳子拴着去！

“你又想去院子里找你的新朋友了？”

我清晰地发出一声怒吼，希望她能明白我是在说“不”。

琪拉无助地望着我说：“你不想去？那你这是要干吗？就想出去走走？可惜我现在没时间，我得去上学了。”没错！我也要去上学啊！我拖长了声调，咕噜了一声。

琪拉不可思议地摇了摇头：“你也想去学校？”

猜对了！完全正确！真是太聪明了！

“嗯，我恐怕不能带你去，那是违反规定的。”

呸，规定是给胆小鬼定的，我们猫可不吃这一套！我们必须证明给那个讨厌的莱奥尼看！校规这种小事情可拦不住我们。

于是，我使劲抱住了琪拉的两条腿。

她咯咯一笑，弯下腰抱起我：“好吧，温斯顿。我带你去，但是你必须保证要乖乖的。现在我可不想惹上更多的麻烦。明白了？”

一清二楚。我喵喵大叫道。

“好的，那我们走吧！”

呼啦啦！去见“山羊”啰！

7 英语课和生物课

这座楼太大了，太大了！我之前一直以为我们的房子算大了，但这儿的楼把我之前见过的楼都比了下去。虽然也不算很了不起，不过就是很大很大！哇！一座白色的大房子，一个很大的入口，还有一座钟楼，简直就是一座城堡啊！这着实令我大吃一惊。所有的学校都是这样吗？我突然觉得有些害怕，费了好大劲才控制住自己，不让自己抓疼琪拉的手。

镇静些，温斯顿！我对自己怒吼了一声。你来这儿是给那些“山羊”们点儿颜色看看的，你要是怕得要死，那么可做不来这些。总之，拿出点儿状态来！我一挺身板，从琪拉的怀中跳到了正好跟我们同时到学校的一个女孩跟前。

“早上好，琪拉！你带了只猫来？”

“你好，艾米丽。不，这是一只狗。”

“什么？”那个女孩不解地望着琪拉。

“哎呀，艾米丽，开个玩笑啦。这当然是只猫了！这不是一眼就看出来了嘛！而且准确地说，温斯顿是一只纯种猫。”

那个女孩摇了摇她满头金色的鬈发：“琪拉，动物是不能带到学校的。在俄罗斯也许可以，不过在这儿不行。”

“你对俄罗斯懂多少？”琪拉话不多说，重新把我揽到怀里，迈进了学校的大门。

哎呀，她怎么一下子就不高兴了？刚才还高兴地哼着小曲儿呢。现在，我已经明显地嗅到她满腔的怒气了。我不知道发生了什么。也许艾米丽也是那群“山羊”中的一只吧，所以琪拉一看见她，气就不打一处来。

学校的孩子多得简直不可思议。好吧，我之前当然想到过这一点，不过真正见到这么一大群人，又是另一回事儿。走廊里十分忙乱，而且很吵！我甚至一度以为我敏感的双耳快要崩溃了。也许来这儿不是个好主意。

我还没来得及细想，就听到了一阵尖锐的铃声。这是什么意思？是警示信号吗？如果是的话，这是在警告什么呢？

琪拉又把我抱紧了一些：“听着，温斯顿，快要上课了！”

她跪下去，从挎包里拿出了几本书。接着，她把我抱起来，放到了挎包里空出来的地方，在我的头顶上把挎包合了起来。

喂，我什么都看不见了！而且最重要的是，别人也看不见我了！那我还怎么给那些“山羊”们点儿颜色看看呢？我大声抗议。虽然我不会像狗一样汪汪叫，不过要是我咕噜咕噜地出声，动静也不算太小。

琪拉把挎包打开了一些，朝里望了望：“温斯顿，你不是答应我要乖乖的吗？别叫了！我把你放进包里，就是害怕你到处乱跑。等到下一次课间休息的时候，我就放你出来。一言为定！”

好吧，好歹她天天待在这儿，懂的肯定比我多。我停止了抗议，闭上双眼。琪拉又站了起来，带我上了一层楼。不管怎样，坐在挎包里“荡秋千”的感觉还是相当不错的。而且周围这会儿也没那么吵闹了，要么是那些孩子们安静了一些，要么是隔着一个挎包，我不大能听见外面的动静了。

突然，琪拉停下了脚步。“秋千”也随之停了下来——挎包被放在了地上。我仿佛听见了椅子挪动的声音，接着，门开了。

“早上好，七年级C班的同学们。”显然，这个声音来自

一个成年女人。

“早上好，维特斯坦夫人。”孩子们齐声说。

“请坐。”

又是一阵挪动椅子的声音。有一把椅子似乎离我很近，反正我被撞了一下，整个挎包都在晃动。救命！但愿琪拉能看着我点儿。

“上节课，我们讲了间接引语和虚拟式。琪拉，你来给我们讲讲，什么情况下我们用第二虚拟式？”

琪拉清了清嗓子。我明显地感觉到她有些紧张。“当我要对那些现在暂时办不到的事情进行设想或者许愿时，用第二虚拟式。”

“很好。莱奥尼，你能造个句子吗？”

什么？喵！莱奥尼！这不就是那只大“山羊”吗！我巴不得马上从挎包里跳出来，让她好好见识一下我。不过因为之前我以自己的猫须做了保证，承诺过我要安守本分，所以我还是控制住了自己，只是小声地对自己喵了一下。

“好的，维特斯坦夫人。要是琪拉有钱的话，那么她会把自己打扮得漂亮一些。”整个班级哄堂大笑。

什么！真是太无耻了！而且我现在还插不了手！这真是把我气得寒毛都要竖起来了！

“嘘，安静点儿，孩子们。”维特斯坦夫人斥责道。不过这是徒劳的，大部分孩子都还在笑，只有琪拉默不作声。

突然听到啪的一声，好像是维特斯坦夫人使劲拍了一下桌子：“莱奥尼·魏歇特，这算什么？我再也不想听到你说这种话了！你不能对同学这样！”

“对不起，维特斯坦夫人。我就是正好想到了这么一个例子。”那个讨厌的莱奥尼用一副无辜的语调说。

“别跟我说对不起，对琪拉说！”维特斯坦夫人要求道。

“哦，对不起，琪拉！我保证不会再这样了。”从她的语气我就能听出她在撒谎。如果问我做了那么多年宠物学到了什么的话，那就是要注意人们说话的语气。我发现人类往往自己都受不了自己说的话，或者说他们说话往往口是心非，但不管怎样，说话的语气往往会暴露他们的真实想法。而莱奥尼刚才的语气就告诉我，她还有很多捉弄琪拉的坏主意呢！

这堂课剩下的时间都很平静，就在我正要打个盹儿的时候，铃声又

响了。这下我终于有机会可以从这个愚蠢的挎包里出来了！

的确，周围传来了一阵响动，琪拉打开了我的牢门：“听着，温斯顿，我们马上要上普雷托里斯先生的生物课了。他人很好，我也编了一个很好的故事，告诉他我为什么要带你来。你在挎包里已经憋坏了吧？”她摸了摸我的头，把袋子又撑开了些，把我抱了出来。

我终于重获自由了！喵呜！

“哇，太酷了。你是怎么把他弄来的？”一个戴着副大眼镜的男孩蹲在了我和琪拉身边。

“这是温斯顿，他跟我一起住。我想我还是把他带来的好，正好我们这节课要学这个。”

“什么？生物课？”

“对，生物课。”琪拉充满自信地说。

那个男孩挠了挠头，说：“可是我们这节课要讲的是无脊椎动物，比如蚯蚓之类的。我不知道这只猫跟蚯蚓有什么共同点。”

“好吧，汤姆，等着瞧吧，你很快就知道了。”

“他等着瞧什么？”一个熟悉的声音打断了他们俩的对话。莱奥尼！我终于见到她的庐山真面目了，而不是仅仅听着她怎么施展诡计。她个子跟琪拉差不多，头发稍短一些，有些发卷儿。她看见我，猛地被吓一跳。

“喂，这是你的猫？”

琪拉点了点头：“是的，是只公猫。温斯顿是一只品种高贵的纯种猫。我觉得今天他可以给我们展示一下，脊椎动物的身体也是很灵活的。”

“高贵的纯种猫？哼，那他怎么会到你手里？莫非是你从哪儿偷来的？”

喵呜！我一下子跃到了琪拉身边的桌子上，骄傲地抬起了头。站在上面，我看到我们所处的这个房间相当大，里面摆了许多桌子和椅子。原来孩子们读书写字的房间是这样的。真有趣！

“哦，你好。你是从哪儿来的？”就在这时，一个成年男子走进了教室。

“啊，早上好，普雷托里斯先生。”琪拉结结巴巴地说，“这是温斯顿，我把他带来的，是为了给大家展示一下不是只有蚯蚓的身体很灵活。”

她有些腼腆地笑了笑，那个男人对此报之微微一笑。我对蚯蚓和生物什么的不是很了解，不过，就算是在我的猫耳朵听来，这也是一个相当拙劣的借口。但愿普雷托里斯先生能买账，这样我就能在这儿继续待下去了。我好像还没让莱奥尼见识够呢，估计我还得加把油。

“好吧，琪拉，虽然这个念头有些不同寻常，不过也不算太糟糕。或许上节课做了实验后，你们这节课是应该接触一下活的演示教具了。”

演示教具？喂，我叫温斯顿·丘吉尔，我可不是什么演示教具！

“带着你的猫上来吧，琪拉！”

琪拉摸了摸我的后脑勺，蹲下了身子。

“你看，”她小声对我说，“我说过的吧，普雷托里斯先生是个好人！”她带着我走到讲台上，把我放在了老师面前的桌子上。

“谢谢你，琪拉。各位亲爱的七年级C班的同学们，上节课我们讲了无脊椎动物，这节课，琪拉给我们带来了一只脊椎动物，就是她的猫。这是一个很好的例子。琪拉，能给我们介绍一下你的小伙伴吗？”

琪拉点了点头：“好的，这是温斯顿·丘吉尔。他是一只公猫，英国短毛猫。就像他的名字那样，他来自英国。这个品种已经有上百年历史了，十分高贵。”

“别胡扯了！”莱奥尼大声打断说。

“就是！”我们今天早上遇见的那个女孩也附和着说。她好像叫艾米丽还是别的什么的，显然是跟莱奥尼她们一伙的。

接着，那个戴眼镜的男孩也掺和了进来：“我觉得这个很有趣。温斯顿能来这儿真是太好了。我喜欢猫咪！”

“是的，汤姆，我也很喜欢。”普雷托里斯先生同意说，“既然说到了这儿，我要问问你们，有没有谁知道，人们饲养猫咪当宠物已经有多少年历史了？”

下面一阵沉默，就连绝顶聪明的莱奥尼也说不上来。

“从大约一万年前开始，人类就开始饲养猫咪当宠物了。”普雷托里斯先生解释说，“很久了，对吧？”

我估计他说得有道理，虽然我对于人类所说的时间没有太多的概念，不过一万年听上去好像是挺久的。反正我估计一万年后，我早就腾云驾雾，去我们猫咪家族的西天了。

“迄今为止发现的最早的猫骨大约有三千万年历史。也就是说，你带来的温斯顿有一个很古老的家族。”普雷托里斯先生继续说。

有个女孩举起了手：“我们能摸一摸温斯顿吗？”

“嗯，琪拉，我们能摸一摸他吗？”

琪拉点点头：“能，不过最好一个一个来，别把温斯顿吓着了。”

很快，这些好奇的少男少女们就排成了一条长队。哼，一般来说，我是绝不允许这样做的，不过为了帮琪拉在这儿找到新朋友，我就英勇献身一回吧。而且在这堂课开始之后，琪拉的身板的确挺直了几厘米。太棒了！我的计划要成功了。于是，我耐心地趴在桌子上，让那些陌生的孩子一个接一个地抚摸我。

突然，莱奥尼出现在我面前，也朝我伸出了手。这我可真的受不了，我看她是绝不会好好抚摸我的。何况，我从她的表情中已经看出，对于琪拉现在受到这么多的关注，她其实耿耿于怀。不过随便啦，就让她摸一下吧！难道她还能干什么坏事不成！

可就在她快要碰到我的时候，她突然像被股电流击中般猛地缩回了手。接着，她开始大口喘息。

“救命！”她夸张地拖着嘶哑的嗓音说，“救命！我喘不过气来了！”她晃着身子往后退了一步，直接倒在了看得目瞪口呆的普雷托里斯先生的怀里。

“哦，天哪！琪拉，快把你的猫装起来。”他喊道，“我看可怜的莱奥尼似乎是有些过敏性休克了！快！”

过了好一会儿，琪拉才从震惊中缓过神来。接着，她一把抱起我，跑回了桌子旁。不到两秒钟的工夫，我又不知所措地回到了那个阴暗的挎包里。

什么过敏性休克啊！我发痒的尾巴尖告诉我，这莱奥尼比她表现出来的还要坏很多。我的尾巴尖是永远不会错的！

8 倒霉的一天

等我们回到家时，一辆警车停在了我们门口。天哪！也许我跟着琪拉去学校并不是什么绝好的主意！不过要是这就招来了警察，那也未免有些夸张了吧！毕竟我们什么都没干啊！而且如果不是那个讨厌的莱奥尼表演得如此出神入化，我上学的第一天一定可以完美收场。而且她这样一来，我还不得不被带去见威廉中学的校长罗森布莱特女士。尽管名字很动听，现实中的罗森布莱特校长却是一个疾言厉色的人。对于这件事，她直截了当地说：“不许带动物来学校！”我相信，如果不是普雷托里斯先生说琪拉的行为得到了他的允许，那校长室里少不了一番风波。现在顶多算是吹了一阵有些刺脸的微风。尽管这种感觉不算好，但至少我们还勉强承受得起。

至少我是这么想的，可是现在警察却找上门了。该死！我们怎么做才好？是不是最好让琪拉把我再藏回挎包里？电视里，警察常常会把人们抓起来，然后关到监狱里去。他们会对一只猫这么做吗？还是会把我直接送到动物收容站？我感觉我的心在怦怦直跳。拜托，千万别送我去动物收容站。那儿肯定没有我们家客厅那么舒服的沙发！

不过，反正我们也不是林间大道的唯一住户，也许他们不是冲着我们来的，而是找楼上的冯·巴斯维茨太太。要是他们把她抓走了，就没人再烦我了。那个巴斯维茨老太太一向不喜欢猫，尤其不喜欢我。她总是说，黑猫会给人带来霉运，不管我从过道的左边跑到右边，还是从右边跑到左边，都能预示着什么。完全是胡说八道啊，这个老太太！警察真的可以把她抓去关几天。我知道这么想不好，但这个念头的确让我安心了许多，于是，我就带着一颗半悬着的心，跟在琪拉后面上了楼。

就在我们快到家门口的时候，门开了。里面出来两个……喵呜！警察！我吓了一跳，赶紧蹿进琪拉的怀里。也许这不是什么明智的举动，因为这样一来，他们很快就发现

了我，不过我真的想不出别的办法了。琪拉看见那两个人，也被吓了一跳。我能清楚地听到她的心怦怦跳得跟我一样快。

“你好！”那两个警察对她说。也许他们会命令她不要抵抗，把这只猫，也就是我交给他们。接着，再见，我温馨的小家。我防患于未然，又往琪拉的毛衫里钻了钻。

“你们好，”琪拉回应说，“你们是来找我的吗？”

“不是，我们是来找你的猫的。”

啊！！！我就知道！救命！就因为我在学校里的危险举动，他们要逮捕我。我再也见不到我亲爱的沙发了！就在这时，那两个警察笑了。什么？拜托，这很好笑吗？终于，两个警察中块头大一些的那个停止了笑声，清了清嗓子。

“不是，不是，开个玩笑。我们谁都不找，就是来问科瓦伦克太太一些问题。”

琪拉吃了一惊：“哦，那是我妈妈！”

两个警察犹豫了一下，似乎想要说些什么，不过最终还是放弃了，只是跟我们告了个别。这一幕真是太奇怪了！

安娜站在房间的走廊上，她已经在那里等我们了：“琪拉！你终于回来了！我刚刚接到你们学校的电话，可惜不是什么好事！你是怎么想的，竟然把温斯顿给带到学校去了？”

“可是妈妈，不是这样的。”琪拉解释说，“是温斯顿一定要跟我去的。”

安娜呼呼地喘着粗气：“你以为我是傻子吗？不是你的主意，而是这只猫的主意？你这姑娘可真是病了。我现在只指望你不会给我们惹来太多麻烦。最不想见到的就是这个。”

这下，轮到琪拉开始变得气呼呼的了：“我觉得莱奥尼那个蠢货才没病呢！她就是故意那么做，想给我找麻烦。其他人都觉得温斯顿很棒！我做得好极了！”

“你的同学怎么想，我才不在乎。我就关心你们校长怎么想，她可不认为这是什么好事。”安娜的声音高了八度，她真的生气了。

“好吧，我的同学你不在乎，你也不管我在新学校能不能找到朋友。反正你管好自己就行了，我的问题不用你管。”说着说着，琪拉哭了起来。

突然，我觉得特别糟糕。毕竟，这是我的主意啊！

“不是这样的，宝贝儿。你知道的，有什么问题，你都可以告诉我。我们之间是相互信任的，你忘了吗？”

“不，我没忘。我觉得是你忘了。你为什么不跟我说警察来找你的事？”

安娜吓了一跳：“这跟小孩子没有关系。”

“哈，突然我又成小孩子了，是吧？你真是……真是……

太刻薄了！”说着，琪拉转身，跑出了房门。

在她摔门之前，我跟着跑了出去。是我惹的事情，我一定会负责到底的！这事关我的荣誉！虽然我现在也不知道，琪拉到底要去哪里。

显然，她自己也不知道。来到街上，她不知所措地站在那里，一会儿看看天，一会儿看看地。

过了好一会儿，我觉得有必要首先打破僵局，要不说不定到了明天我们都还站在这儿。我大声咕噜了一声。琪拉，你要去哪儿？

“啊，该死！温斯顿，我不知道现在该干什么了。我不想上楼，但我也不知道我能去哪儿。这一带我不熟，我也没有朋友。多么倒霉的一天啊！”

她说得没错。今天可真是够倒霉的，而我们就这样傻站在这儿，就更蠢了！我向后院小步走去。今天已经够糟糕了，再去见见那些讨厌的野猫也无妨。也许他们能给琪拉想想别的办法呢！至少她喜欢猫，而且今天也已经糟得不能再糟了，干脆破罐子破摔！

可是我错了，原来今天还可以更糟。

我还没走到垃圾箱边上，那只叫斯皮克的虎纹猫就已经挡住了我的去路："你好啊，小屁孩！这只从不出门的猫先生今天怎么大驾光临了？"他幸灾乐祸地笑道。

或者更准确地说，要是他作为一只猫知道怎么奸笑的话，那他肯定会那么做的。我从他那略带嘲讽的口气中就能听出来："我还以为，我们再也不会在这儿见面了呢！"

"你为什么这么想？"我尽量表现得自信一些。

"好吧，我也不知道。等等，让我想想。嗯，也许我们不配进你的圈子？哦，不是的，不是这样的。我知道了——我以为你没有被绳子拴着，就再也找不到这个院子了。那条绳子真不错，闪闪发光呢！"他扑哧一声乐开了花。

呵呵，真好笑。

"我当然找得到院子了，我每天都在窗台上看着它呢！"我有些不耐烦地说。

"是的。而且就算出了什么意外，你还有这个小女孩陪着呢！你确定自己不是狗吗？"

哼，真是太无耻了！我很想巧妙地回敬他几句，可就是想不出该说什么。我对答如流的本事哪儿去了？现在正是需要它的时候啊！这时，欧德特也小跑着过来了。真是太"棒"了！难道我总要在淑女面前发愣吗？

"哇，看看，首相大人！我们真是荣幸之至啊！这才几天工夫，就来第二回了！太棒了！”

“你好，欧德特。我就是来看看你们在干吗。”我尽量拖长了声调。

欧德特歪起了头：“看看我们在干吗？这可不像你这个老古董说的话啊！太随便了。哼，一点儿都不酷。”

为什么他们都对我这么不友好？他们干吗都这么爱小题大做？要是我能够对这群野猫的看法不管不顾就好了，可惜我不能啊！相反，欧德特的嘲讽就像一根针一样，深深地扎进了我的胸口。我有些狼狈地低头望着地面。我扮演风度翩翩的绅士猫的尝试，就这么彻底失败了。

“喂，我就是想看看，你们过得怎么样！”我解释了几句，“我是说，我们毕竟也是邻居啊，所以我还是可以来看看的嘛！”

欧德特将信将疑地看着我：“什么？真的吗？你之前可从没关心过我们怎么样啊！我老见你坐在窗户上，高高在上地看着我们。我这可不是开玩笑的。不，不——我知道你是怎么想我们的，从你的眼神中就看出来了。你以为自己高人一等，因为你住在教授家，你们还有一个会额外给你做烤肠的厨子。”

这下轮到我目瞪口呆了。欧德特是怎么知道这个的？她

显然是看到了我惊讶的表情，继续说下去：“让我来告诉你吧：你的那个奥尔加可不只给你们做饭。她做的东西有剩的时候，也会拿到院子里给我们吃。好吃极了！最好我天天都有鸡肝拌香菜吃。那就像美梦一样。”

什么？奥尔加还会把我的鸡肝拿来喂这些野猫？

“没想到吧？你再猜猜，她每次来的时候都说些什么。她说，给我们做饭可比给你们做饭有意思多了。因为我们知道珍惜粮食，而你就完全被惯坏了！”

我不信！奥尔加会这么说我？我现在感觉胸口的刺痛比之前厉害了百倍。不，准确地说，我现在不只胸口疼，浑身都疼。我仿佛挨了一记重拳，一个踉跄跌到了一边。

可是无情的欧德特仍旧不为所动地继续说下去：“我可不想在这儿见到你这样傲慢、自负的家伙。你还是快走吧！”

我使出浑身力气，使劲盯住欧德特的眼睛。尽管我快不行了，可是我必须坚持下去。

“反正我也没打算在这儿久待。而且这儿的空气也相当糟糕。再见！”说着，我转过身，趾高气扬地走了。

“等等我，温斯顿！你走这么快是要去哪儿啊？”琪拉追了过来。她根本不知道我刚才的经历有多么糟糕。我可怜兮兮地喵了几声，她弯下腰看着我。

“小可怜，怎么了？你看上去糟透了！”她摸了摸我的脖子，她的爱抚让我觉得好多了。该死的奥尔加，你又不是世界上唯一的好人。我还是可以找到其他两条腿的人来爱抚我的。说实话，从刚才那种情况看，其实你根本就没对我好过。你这个叛徒！

“今天不是我们的好日子，对吧？我建议我们现在一起在这一带转转，看看有什么好地方。说不定能找到一家冷饮店呢！要是路过鱼铺的话，我就给你买一条大大的鲱鱼。一言为定！”

好的，这个计划听上去还不赖。而且琪拉说得对，就算今天再糟糕，我们也要苦中作乐嘛！能有一条鲱鱼的话，那就再好不过了！

琪拉四下张望了一会儿后，打定了主意沿街往下走去。她是觉得那儿有鱼铺吗？我的心情已经好了许多，好奇地跟在她后头一路小跑。不知何时，我觉得跟着人一起散步还是挺有趣的。前提是我不能被绳子拴着。

可是，今天注定不是什么好日子。我刚高兴了一会儿，没走几步，就有水滴在了我的鼻子上。

“啊，不要。竟然下雨了！该死！”琪拉骂道。原来是这样，这就是雨。有意思！可是天上下雨，我们岂不是要被淋湿了吗？作为一只猫，我可不想被淋得湿漉漉的。

雨越下越大，远处已经开始打雷了。我还是赶紧掉头回家吧！可惜我搞不清我们的家到底在哪儿！恐怕斯皮克说得对：我的方向感的确算不上好。

“来，温斯顿。我们得找个躲雨的地方。”琪拉边跑边喊。我跟在她后面。这时，倾盆大雨从天而降，我感觉自己的毛发很快就湿透了。

“前面有个在修建的房子！快跑！”琪拉发现了一座小屋。它位于一个停着很多卡车的广场上，前面有条沟，正门敞开着。我们顺利地躲到了屋檐下。

我四下张望了一下，发现身边有一大卷闪闪发光的电缆。这是什么东西？我可从没见过。这个东西大概有公园里的长凳那么高，所以琪拉很容易就坐到了上面，把我抱到了怀里。我们浑身湿透，被冻得瑟瑟发抖，缩在那里等着雨停。可是雨似乎没有要停的意思，相反，雷声越来越大了。

我之前说过今天是倒霉的一天吗？我要纠正一下，今天简直太可怕了！先是在学校惹了事，然后又跟欧德特吵了一架，现在又下雨了。我真希望自己不在这里。哎，怎么说呢，我希望自己是另外一个人，随便哪个，只要不是那个住在维纳教授家的温斯顿·丘吉尔就行了！

琪拉捋了捋我湿透的毛发。“温斯顿，幸好还有你。”她一边摸我，一边叹了口气说，“我是说，除了你，我就没有别的朋友了。今天在学校你也看到了，那些人对我坏极了。

啊，有时候我真希望我是另外一个人，随便哪个，只要不是琪拉·科瓦伦克就好！”

就在这时，我们面前亮起了一道格外刺眼的光芒。我感到自己被猛地一击，那么突然，那么强烈，我一时半会儿没弄明白它到底来自哪里。我和琪拉被抛到了空中，转得头昏脑涨，好不容易才落到了地面上。

周围风雨呼啸，电闪雷鸣，大地仿佛震动了起来。

接着，周围暗了下来，一片漆黑，格外安静。

我是死了吗？

9 互换身体

不，我没有死。

不过，还是觉得有什么东西不太对劲。很不对劲！我重新睁开眼，发现周围的一切都不太一样了。它们都变得……五彩斑斓了许多！或者更准确地说，它们突然鲜艳了起来，许多以前没有的颜色，仿佛突然间出现了。另外，一切看上去都清晰了许多，很多以前我从没注意到的细节，现在都毫发毕现地展现在我眼前。我面前的地板上，有一只甲虫在爬动。他身上的颜色是我之前从没见过的，另外，我还发现他背上有很多小黑点。太不可思议了！到底发生了什么？

我挣扎着爬起来，使劲摇了摇头。事实是这样的：我想摇头，却发现我一摇头动静就特别大，于是赶紧停了下来。我的身体似乎已经不再听我使唤了。我低头看了一眼自己，马上就明白了怎么回事：我的个子突然大了许多，我是说，我长高了许多。突然间，我的脑袋已经远离了地面，这让我有了强烈的眩晕感！这股感觉相当强烈，很快就弄得我头痛欲裂。我想喵喵大叫，可是我嘴里发出的声音吓了自己一跳：我竟然清晰地说出了“嗷！”“嗷！”“嗷！”这是一个人类用的词。我什么时候学会说人话了？

接着，我下方传来了一阵凄惨的喵呜声。我低头一看，发现一只黑猫正瘫倒在沟边，来回摆动着身子。这只黑猫对我来说莫名的熟悉，他看上去很像……我又仔细看了一眼……没错，他长得跟我很像！简直是一个模子刻出来的！我面前躺着个温斯顿·丘吉尔。千真万确！我背上全是冷汗。我渐渐明白了过来：之前的那股力量肯定造成了极具破坏力的后果。要是底下躺着的是温斯顿的话，那么我可能是……？啊，不要，这不是真的！这绝对不是真的！

我鼓起全部的勇气，打量了一下自己。没错，蓝色的牛仔裤，长筒体操鞋——这双鞋的颜色我现在才看真切，很耀眼，也许是粉色的。我认得这双鞋，是琪拉的。我抬起了左前腿，想看看我的爪子。不见了！原来长爪子的地方，现在长出了一只手。神圣的油浸沙丁鱼啊！我竟然变成一个人了！而且不是别人，恰恰是琪拉。

“温斯顿，怎么了？发生了什么事？”

这是琪拉的声音。但这个声音是从哪儿传来的呢？我才是琪拉，可我什么都没说，我根本就不知道该说什么啊！

“嗨，温斯顿。你听得见我说话吗？”

我身旁的生物只有脚边的这只猫，所以估计是她在跟我说话。可那不是温斯顿在跟我说话吗？温斯顿跟温斯顿说话，这是什么乱七八糟的事情啊！我的脑袋混乱了！我应该回答她的，可是一想到要开口说话，我就怕得不行。勇敢一点儿！

我试着让自己冷静下来，于是清了清嗓子：“啊，我……我听得见……嗯，我在上面。”

那只猫惊讶地抬头看了看我。

“那是你吗，温斯顿？”我听见她说。

是的，我听得很清楚，这就是琪拉的声音。可是那只猫既没有喵喵叫，也没有张嘴说话。显然，我听见的这个声音来自我的脑袋里！我受不了了，何况我还得用两条腿站着说话。我一屁股坐在了地上。

“你说了什么吗？”我问那只看上去像温斯顿的猫，“我是

说，你在说话吗？”

那只猫往我身边靠了靠，打量着我。

“不知道，我也乱了。我在说话吗？好像不是啊！我……我……我想我是在动脑思考。”

没错，就是这样的。我听见的琪拉的声音来自我的脑袋里，我听见的是她的思考。天哪！猫大神啊，要是真有你这么一个神的话，这可是你在捣鬼？为什么要这么做？

反过来也可以吗？我望着那只猫，心想：你现在听得见我说话吗？

“是的，听得见。”那头很快传来了答案。太神奇了！我竟然能跟那只看上去像温斯顿、声音像琪拉的猫用意念交流。让我们把这件事情彻底弄清楚吧！

“你是谁？”我问那只猫，尽管我心里已经有了答案。

“我觉得我是琪拉，可是我也发现我现在长得不像琪拉，而像温斯顿。简直疯了。我们是互换身份了吗？”

我点点头：“看上去好像就是这样的。”

“怎么会这样呢？”

“不知道，肯定跟刚才那道光和那股劈中我们的力量有关。”我猜道。

“你是说那道闪电吗？”藏在温斯顿身体里的琪拉问我。

“什么是闪电？”

“我觉得就是这样的。我们刚刚遇到了雷雨天，遭到了那道刺眼的光，还有那股强烈的力量，我们肯定是被闪电劈中了，能活下来就算奇迹了。”

也许她说得没错，这是一个奇迹，反正原来的身体已经不属于我了。不过我还没搞明白。这是怎么做到的呢？

“也许跟我们刚才许下的愿望有关吧！”琪拉顺着我的思路往下想。

“什么？什么愿望？”

“就在被闪电劈中前，我说想做别人。”

“没错。”我也想起来了，“你说过的，而且我好像也有同样的想法。”

我们同时叹了口气。

“好吧！”琪拉确定地说，“那我们的愿望都实现了，我们现在互换身份了。现在你是我，我是你。琪拉是温斯顿，温斯顿是琪拉。哎，太乱了！”

她说得没错。我原来的小胡子，现在也没有了。这是什么乱七八糟的情况啊！

等我们回到林间大道的房子里时，我已经浑身大汗。我从没想过用两条腿走路原来这么费劲。我还没想好要往哪儿走，身体就已经开始来回晃动了——对于我的新身体，我还没办法很好地控制。幸好到家的时候，安娜和维纳教授都不在。我们看上去肯定很奇怪，而我现在最不想做的事情，就是回答人们好奇的问题。

琪拉似乎也对自己的新面孔很不满意。一回到家，她就钻进了我的小窝里，仰面倒下："温斯顿，这次互换身份简直是一场灾难啊！我们必须换回来！而且越快越好！我可不想余生就当一只猫！"

"好，我也想尽快用四条腿走路呢！"我同意道，"可是我们怎么才能做到呢？我有一种不祥的感觉，换回身份没有那么容易。"

"或许我们还得让雷劈一次，到时候就一起想着让一切恢复原样。"琪拉建议说。

我摇了摇头。"再让闪电劈一次？这么容易吗？而且最主要的是，其实我们都不知道一切到底是怎么发生的。到底跟雷击有没有关系。难道你已经从别人那儿听说过类似的事情——被闪电劈中，就成了另一个人？"

琪拉来回摆动着尾巴，不高兴地喵呜了几声："没，没听说过。要是之前有人告诉我这个，我肯定以为他疯了。"

“所以说嘛！发生在我们身上的事情，显然不正常。我觉得在我们弄明白为什么我们的身体会互换之前，我们是没有机会变回来的。”

琪拉发出了少见的喘息声。

“喂，你还好吗？”我问。

“不，一点儿都不好！我真想大哭一场——可是作为一只猫，我哭不出来。真是太糟糕了！”

我不得不说，琪拉说得有道理，真是太糟糕了！更糟糕的是，我早晚都得跟安娜对话，而她却以为我是琪拉。我该跟她说什么呢？十二岁的女孩会跟妈妈说什么？好吧，我的确听过她们几次对话，不过绝对谈不上对此在行。像她们今天中午那样争吵，我的两条腿肯定是站不稳的，中间肯定要跌倒几次。啊！我真希望明天一觉醒来，发现一切都只是一场噩梦。

10 做女孩的日子

“早上好，亲爱的。今天天气不好，不过你还是该起床了！早饭我给你做了很好吃的东西哦！”

不，可惜这不是一场梦。天刚蒙蒙亮，安娜就出现在了我面前，轻轻掀了一下我的被子。我嘟哝了句什么——但愿这听上去像是在说“早上好，妈妈！”，我坐了起来，揉了揉眼睛。我还是个人！我们可以吃鲱鱼沙拉了！

安娜坐到了我床边：“我们算是和好了吧？”

我默默地点点头。和好是个好主意，对于我这么一只从没跟妈妈吵过架的猫来说，更是如此。

“那我们和平共处吧，好吗？”安娜抱紧我，在我脸上轻轻一吻——她的嘴唇直接接触到了我的皮肤，这种感觉很奇怪。一方面，还从没有人亲过我；另一方面，通常我脸上是有毛的。

安娜站起来，走出了房间。

就在安娜出门的时候，琪拉偷偷溜了进来："早上好，温斯顿。我真希望一切都是一场噩梦，可是你也看到了，我真的成了一只猫。"她跳上了我的床，把头埋进了我怀里。

"是啊，我也是这种感觉。我变成女孩的兴奋劲，也是有限的。"

琪拉发出一阵咕噜声，我在脑海里听见她在咯咯笑。

"有什么好笑的？"我问。

"哦，没什么。"

"我不信。到底怎么了？"

"你说话像一个大人，很会夸夸其谈。你当猫的时候也是这样的吗？"

"啊，不知道。我当猫的时候，从没跟人说过话。不过你也听到了，我平时就是这么想的。"

琪拉翻了个身，看着我："反正听上去不怎么酷。你当心啊，别在学校坏了我的名声。我的名声现在已经不算好了。"

"等等！为什么要去学校？"

“哎呀，你总不会认为妈妈会让你留在家里吧？”

“啊，可我不想去！”

现在，琪拉显然已经不是在偷笑，而是在放声大笑了：“哈哈，运气不好吧！要不要去上学，可不是你自己能决定的。你必须得去，要不就有麻烦了，妈妈就是第一个。对于这件事，她可是很认真的。除非你发高烧打寒战，或者有什么奇迹发生，要不你是没机会待在这里的。”

啊，不要！这绝对是个坏消息。去学校还要面对那么多又吵又闹的陌生孩子！简直是不折不扣的噩梦啊！我长叹了一声，又躺回了床上。

“琪拉，快起床！你要迟到了！”安娜的声音又从过道传来。她的声音听上去真的没有什么商量的余地。

要不就说我病了？

“啊，我不太舒服！”我一边用尽可能嘶哑的声音说着，一边闭上了眼睛。很快，我就听见安娜朝我走来的脚步声。

一进门，她就把手搭在了我的额头上：“你一点儿都没发烧。起来喝杯茶就好了！今晚早点儿睡，这样明早才能清醒些。快起来，快起来，我的大小姐！我也不想让你在新学校给人留下这么不好的印象啊！”

琪拉说得没错。在上学这件事上，安娜绝对是认真的。

她走后，我赶紧从床上爬了起来，踉跄着走到门边。神圣的油浸沙丁鱼啊！两条腿走路真的不容易啊！

“我真的不能去你的学校。我挺不过来的。”

“胡说。也没那么糟糕啦！”琪拉试着安慰我。

“那你也得去，要不我可要出尽洋相了。”我哀求琪拉。她摇了摇头。

“我不去。你忘了，昨天我因为你招惹了多大的麻烦？要是我——不，要是你还带着一只猫去上学，那你可真的要完蛋了。”也许她说得没错。我又长叹了一口气。

“那我现在该干吗？”我想。

“你得先去洗漱和换衣服。”琪拉向我解释说。没错！好主意！我伸出手，扯起睡衣的袖子，开始舔我的双手。

“喵呜！你可千万别这样！你得去浴室，用水洗手。”

什么？水？用水洗手？想想都可怕！不过好像没错……维纳教授就是这么做的。我的猫胡子啊！我还没吃早饭，就先学会了两件人类要做的违心事：孩子们得去上学，人们得用水洗手。要是一直这么下去的话，那我午饭前就得挂了！

我踉跄地走进了浴室。琪拉跟在我后面走了进来。

“好的，现在先用牙刷刷牙。”她解释说。

我不知所措地在浴室里张望了一阵。牙刷长什么样子？

我抓起了一个跟我用的毛刷看起来很像的东西。大小差不多，上面还有鬃毛。我是要用这个东西刷牙吗？

“错了。”琪拉赶紧说，“那是梳子，我的牙刷在那边的杯子里，粉色的那个。”

粉色？作为一只猫，我可不是分辨颜色的专家。我叹了口气，拿起了洗漱架上杯子里那个长柄的小刷子。估计就是这个了，至少琪拉没说不是。于是，我把那个长柄伸进了嘴里，用力咬了咬。奥尔加有时会专门给我买磨牙棒，以前我就是这么做的。可是这个牙刷好硬啊，而且一点儿都不好吃。我又把它放回了杯子里。

“不，温斯顿！你得先在刷子上涂上牙膏，然后再用它去刷牙齿。咬是不行的。”琪拉一跃跳到了洗脸盆旁边的架子上，用爪子指了指架子上的某个东西。

这大概就是牙膏吧！我拿出那管东西拧开，把里面的东西挤到了刷子上。

“琪拉！快点儿！”安娜站在浴室门口，显然有些奇怪我今天为什么这么慢。

我已经感觉到自己的额头开始湿了。呜……这是什么？难道是汗？我之前在维纳教授身上也看到过类似的现象。那是去年盛夏的时候。可是现在根本就不热啊！……难道是因为我压力太大了？有可能。为什么这些两条腿的人做事情都那么着急呢？

“马上就来！”我平复了一下情绪应道。接着，我一把将牙刷塞进嘴里，使劲搅弄起来。哇，好奇怪的感觉！这股味道十分特别，我的嘴里弄出了一堆泡沫。

我照了照镜子。看到自己变成人后的这副样子，我还很不适应。幸好琪拉的眼珠和我的是一个颜色，至少镜子中这抹绿色，在我看来十分熟悉。在我还是一只猫的时候，我就对这种颜色很了解了。这么一来，我总算平静了一些。

“嘿，琪拉，你的眼珠也是绿色的。之前我还不知道呢！显然，在我成为人类后，我分辨颜色的能力越来越强了。”

琪拉有些惊讶地喵了一声：“绿眼珠？我不是这样的啊！”

“怎么会呢？”

“我的眼珠真的不是绿的，而是蓝的。”琪拉跳到了我的肩膀上，面对镜子站着。这时，我也看见了。面前这只温斯顿的眼珠突然成了蓝色的，而我这个琪拉的眼珠却是绿色的。看来我们不仅换了身份，连眼珠的颜色都换了！

“哎哟！”琪拉喵了一声，“这要是给我妈看见了，她肯定想不通，还以为我特地去把眼睛弄成了这样，用了隐形眼镜或者什么东西。要是我化妆的话，她肯定会发火的。你不能

让她看到你的眼睛，要不就有麻烦了，知道吗？”

哎，我听见是听见了，可是却没怎么理解。为什么我不能让安娜看见我的眼睛？

琪拉似乎发现了我的疑惑：“你就把头低下去一点儿。反正我们昨天刚吵过架，你就装作还有些生气的样子，尽量避开她，她也不会奇怪的，我平时也是这么干的。而且就这一小段时间，我们肯定很快就会变回来的。”

我要向琪拉的乐观致敬，但说实在的，我不觉得换回身份是很容易做到的事情：“你怎么这么确定？我可是压根儿不知道该怎么办。”

琪拉叹了口气：“我们肯定会想到办法的。在这之前，千万别让妈妈知道，要不她又得紧张了。要是她对此追着不放的话，想变回来就更难了。这你同意吧？”

我慢慢点了点头。好吧，的确是这样。不过，要躲开安娜可不是容易的事情。要是我前几周没看错的话，她对自己的女儿还是盯得很紧的。

浴室的门又被人敲了几下。

“琪拉，你今天怎么了？”

“马上就来！”

等我看到了自己原来吃饭的盆子，脑袋肯定会更乱的。

“好吧，我就出去了。不过我可什么都不保证啊！我根本不知道该怎么做一个人，不过我会努力的！”我对琪拉说，又深吸了一口气，打开门走出了浴室。

安娜正站在过道上，一脸责怪的表情。

“我不是来了嘛！”我嘟哝了一句，两眼盯着地板。

“快换好衣服，要不来不及了。”

十分钟后，我和安娜一起坐在了早餐桌前。我试着尽量随便地吃面包，可是安娜不停地盯着我看，让我很难受。

终于，我清了清嗓子：“有什么不对劲吗，妈妈？”

显然，不是因为衣服的问题。衣服是琪拉选的。她在

我的衣柜——或者更准确地说，是她的衣柜里来回倒腾了一圈，把她认为合适的几件衣服弄到了地上。尽管她今天眼睛的颜色与以前不同，挑的这几件衣服还真是不赖。

安娜继续用锐利的眼神盯着我：“没有，一切正常。我就是在想，你坐在这儿吃早饭，干吗要戴着太阳镜？这才早上七点半啊！”

11 在琪拉的学校里

我不舒服，很不舒服！如果说琪拉的学校昨天还让我觉得很壮观，那么今天它带给我的只有恐惧感。而且，我也害怕被别人看穿我曾是一只猫。

就在我正想着如何摆脱困境的时候，我的背突然重重地挨了一下，这一下正好打在两根肩胛骨之间。哇，好疼！

“早上好，琪拉！”有个声音在我背后欢快地说。我转过身，是那个戴眼镜的男孩，应该是叫汤姆吧，反正我没太记住这个名字。他其实还挺好的，可是他为什么要拍我的肩膀呢？人类都是这么干的吗？

“你昨天带来的那只猫，真是棒极了！把莱奥尼弄昏过去的那一幕，简直经典极了！但我觉得那只笨‘山羊’是不会真的背过气去的，她就是想再次成为大家关注的焦点。”

“嗯……”我实在不知道该说什么了，虽然我不得不承认，这样看上去有些傻。幸好，这时善良的猫上帝打铃了。汤姆没有再等我说话，赶紧朝着校门口的楼梯跑去。我也赶紧跟在他后面跑去——我觉得，我一个人是找不到教室的。

不一会儿，我们就来到了昨天来过的房间。可是我的位置在哪儿呢？昨天我待在琪拉的挎包里，所以什么都没看见。难道根本就没有排座位，大家想坐哪儿就坐哪儿？该死！昨天跟着琪拉来的时候，我就该注意观察的。可谁知道我们会陷入这种境地呢？

“喂，你挡道了。”肯定又是莱奥尼，她的语气还是跟上次一样不友好。实际上，我根本不想听到这个黄毛丫头跟我说话。

“哇，你好了啊！太好了！真是太好了！要不你给我指指我该坐哪儿？我一直担心你的健康状况，可能连我坐哪儿都不记得了。”

莱奥尼盯着我，仿佛我长了两个脑袋：“什么？”

我叹了口气：“首先，你该说‘请再说一遍’。其次，我——坐——哪儿？”

“啊，坐那儿，艾米丽边上。”莱奥尼结巴地说了一句，给我指了指我昨天见过的金发女孩身旁的位置，然后灰溜溜地走了。

看来开门见山地跟她说话还是管用的，知道这个真好！

坐在我身旁的一个女孩吹起了口哨：“太酷了，你把她教训得真好。活该，这只蠢‘山羊’！”

好极了！认识了一个跟我一样讨厌莱奥尼的人，这让我安心了很多。

“我还以为你不敢呢！以前我一直误以为你是个胆小怕事的人。”

“谢谢，嗯……”

“我叫宝丽。其实我叫宝拉，不过只有老师才那么叫我。”那个女孩笑着自我介绍说。

她看上去真的跟这儿的其他学生不一样，有那么一股……野劲！她披头散发，画了一个浓浓的眼妆，裤子上有

许多洞，身上穿的那件T恤显然要比她个头大很多。当然她肯定是故意这样打扮的。可是为什么呢？

“啊，对，宝丽。”我说得好像之前就听说过她似的，“谢谢你。”

“没什么。新来的人总有很多名字要记，刚来总有点儿陌生，对吧？”宝丽微微一笑。

我点了点头。她可不知道，她的这句话可真的是歪打正着啊！

“嗯，我觉得我还要多花点儿时间，才能把所有人的名字记全。”

这时，我脑海里突然闪过一个念头：宝丽似乎是个正常人，或许她能够帮我一把？

“反正上课老师的名字我还没怎么认全。下一节是谁的课来着？”

“谢弗太太，英语课。”

老天爷啊！要是我没记错的话，英语是另一门语言，跟我之前认识的那些人说的话都不一样，也不是我能听得懂的。这下可好玩了，但愿谢弗太太别叫我回答问题。

这时，谢弗太太进了门。她看上去身材娇小，穿着一袭黑衣，头上扎着马尾辫。她一路快走到讲台上，把手提包放

在了凳子上。也许是我看错了，可是乍一眼看上去，她今天的心情似乎很不好。她从包里拿出一沓练习本放在讲台上，严肃地扫视了一圈。

“早上好！”

“早上好，谢弗太太！”还没等我开口，全班就齐声说道。

“坐下。”

伴随着椅子的挪动声和一阵交头接耳的声音，大家都坐了下来。

“今天我把你们的英语作业带来了。我不得不很遗憾地说，你们做得很糟糕。”全班发出了阵阵叹息声，她接着说，“不过还是有例外的。你们知道的，一般情况下，我不会公布某一个人的分数的。不过这次我要破个例，一方面是因为这份作业真的很优秀；另一方面，写这份作业的同学前不久才刚刚到我们学校。所以，我觉得我们班的英语再这样下去可不行了。大家都得加把劲。我说的我们大家既包括你们，也包括我。”

谢弗太太抽出一本作业本，朝我走来，并站在了我面前：“琪拉，你做得真的很棒，你是我们这儿所有人的榜样！”

“哦，谢谢！”我支吾着说。但愿她别突然开始跟我讲英语啊！自从我变成了琪拉，我学会了她之前所会的很多事情。可是英语——现在我可不想试着说英语！

“你说过你妈妈是老师。她是不是教英语的啊？”

“什么？我妈妈？不是，她不是老师，她是维纳教授家的管家。”我来不及细想，张口就说。

“真的？管家？”谢弗太太吃惊地望着我，“好吧，那大概是我理解错了。”

艾米丽开始咯咯笑：“嘻嘻，琪拉的妈妈是保姆！”

这时，我意识到自己犯了一个错误。糟糕！显然，琪拉并没有把安娜的真实情况告诉大家。虽然我不知道为什么，可是我还是应该顺着她的话说下去的。

艾米丽还在笑个不停，讨厌的莱奥尼自然也跟着大笑。

谢弗太太深吸了一口气：“你们两个，给我安静！亏你们还高兴得起来！你——艾米丽，只得了个及格 +。莱奥尼，你也好不到哪里去，良 -。你们俩有工夫嘲笑同学，不如多背背单词。大家都得抓紧。”

莱奥尼什么都没说，艾米丽偷偷在我耳边说了句什么，听上去像是在说“虚荣”。这是什么意思？反正听上去不是什么好话。

这节课剩下的时间里，艾米丽就当我是空气。虽然我在这儿待的时间不长，但是也知道不该去问她问题。即使我对人类的友谊一知半解，可就算是只蠢猫，也该知道艾米丽不是琪拉的朋友。难道朋友对人类就这么重要吗？作为小猫温斯顿，我一向独来独往，只要没遇上斯皮克、卡拉梅尔和欧德特，我的自我感觉都是相当不错的。不过也许人类跟猫不一样。

下课铃声把我的思绪从对人类和友谊的思考中拉了回来。我们班大多数同学站了起来，在教室里四处走动。显然这节课上完了，或者至少到了休息时间。好吧！除了说出了琪拉的妈妈是管家，我还是有惊无险地把我的第一节课应付了过去。不过那也应该不算太糟吧！

“什么？你说我妈是保姆？你疯了吧？”

“不，保姆是艾米丽说的。我只说了句安娜是维纳教授家的管家。”

琪拉悲惨地大叫一声，跌坐在了一边：“完蛋了，这下我完蛋了！彻底完蛋了！我再也不用去学校了。”

“你太夸张了吧！第一，我又不知道你说过你妈妈是老师。第二，管家也是一个很正经的职业啊，而且很重要。我认为，这是除物理教授外最重要的工作。”

琪拉怒吼了一声：“你什么都不知道。其他人的爸爸妈妈不是律师就是牙医，或者是自己开广告公司的。我说我妈是教师，才勉强可以在那儿混。而且我也没撒谎：以前我妈在俄罗斯的时候，的确是当老师的。可你却非要告诉他们我妈妈是保姆。这下，我肯定是班上最老土的女孩了。我再也混不进莱奥尼的圈子了。这都是拜你所赐，温斯顿！”

好吧，我承认我做的事情不是很明智。可说出安娜的真实工作，就整出这么一出闹剧，我很不理解。

“可是……可是……你为什么一定要进莱奥尼的圈子呢？你自己也说了，她就是个傻子。你们班上还有别的好人啊，比如宝丽和汤姆。我倒是更愿意你跟他们打交道。”

喵呜！琪拉气得四肢发抖：“宝丽和汤姆？你真是疯了。宝丽是个疯里疯气的朋克，汤姆是个电脑呆子，宁愿跟电脑打交道也不愿意跟人说话。这两人就是我们班的奇葩，你却偏偏找了他们俩。再这么下去，肯定没有人愿意跟我做朋友了。而且汤姆的爸爸是一名医生，汤姆是不是真的愿意跟一个保姆的女儿做朋友，也是未知数。”

啊，交朋友这件事真的快把我逼疯了。对于我这么一个其实只是一只猫的女孩来说，这实在太强人所难了。我强烈要求换话题。

“你今天过得怎么样？”我朝着琪拉的方向想。

“哦，不错，相当好。我觉得我好像探听到妈妈的秘密了。我现在的身份，做这个是再好不过了。谁能想到自己会被一只猫监视呢？”

“什么意思？什么是‘监视’？”

“哎呀，我今天把妈妈的东西翻了一遍，她一点儿也没发现。我找到了一封打印出来的瓦迪姆的电子邮件，很有意思。我觉得他是要威胁妈妈，让她回到他身边。他好像抓住了妈妈什么把柄，我还不知道是什么，不过我会搞明白的。”

“等等，你说你能读邮件？”

“是啊，为什么不能呢？”

“因为我以前是看不懂文字的。现在你不就是我吗？”

“这样啊，我好像没问题，就是现在近看东西不是那么清楚了，远看还稍微好点儿。你现在看不懂书吗？至少当你是我的时候，你应该会像人一样说话吧？”

我耸了耸肩：“不知道。我还没试过。在今天学校的情况变得更糟之前，我说我头疼，就先走了。在那儿可真是太危险了。”

“好吧，可这也不是长远之计啊！只要你待在我的身体里面，就得去学校上学。要是因为你，我一个朋友都交不到的话，那么我也坐不住了。我们得想想别的办法。不过我们首先要弄明白你到底能做什么。等等，我马上回来。”

琪拉站起身子，姿态优雅地跳到了客房的柜子上。没过多久，她就叼着一张纸回来了：“拿去，这是那封邮件。你读读看！”

我接过那张纸，盯着它看。我眼前的一个个小圈圈仿佛突然结合到了一起，变成了如下句子：

亲爱的安娜：

你为什么要离开我？你知道我有多爱你。为了你和你的孩子，我愿意付出一切。请你再考虑一下。你要是再执迷不悟，那我就不改口了。那样一来，就算警察之前还没找过你，他们也马上要找上门了……

我放下那张纸。太不可思议了！首先，我竟然真的能识字了！其次，看来安娜真的有大麻烦了！我们必须帮帮她。

12 超级温斯顿的苦恼

让我们来总结一下：我会说话，会读书，还会写字——这些刚刚都检验过了。如今又发现我会说英语，还会背1—20的乘法表。最不可思议的是，我竟然还会说俄语，至少能听懂一些。也就是说，我现在是超级温斯顿了！我是世界上最聪明的猫！我的超能力是世界级的！

遗憾的是，现在没有任何人可以分享我的喜悦，因为琪拉正在做别的事情。她在想办法解开她妈妈的秘密，从而彻底摆脱瓦迪姆。知道了我们都会什么之后，琪拉相信我们现在可以组成一支完整的调查小分队，我也这么认为！调查小分队——这听上去真是棒极了！只要琪拉给我解释一下这个词是什么意思，我肯定二话不说就加入进来。

“你说说，这个调查小分队到底是干吗的？”我在思绪里把问题传给了琪拉。

“很简单。”琪拉回答，“就是解决我们眼前的问题。温斯顿，现在我们之间是互补的：我能把证据弄到手而不被人注意到，你呢，可以去询问证人。然后，我们可以相互交换一下调查结果，那我们就知道瓦迪姆到底在拿什么东西勒索我妈妈了。”

“好的，这个我办得到。那我们弄清楚真相后，又该做什么呢？要是你妈妈真的犯了什么法怎么办？”

“怎么可能！”琪拉抗议说，“我妈妈当然什么都没干！我跟你打赌，肯定是瓦迪姆在虚张声势！等我们知道了真相，我们就像那些警察或者特工一样，把瓦迪姆抓起来。听明白了吗？”

特工？这让我想起了我跟维纳教授一起看过的一部电影。那部电影里就有这么一个特工，他的名字我记不清了，好像是叫006还是007之类的[1]。我不知道那是他的电话号码，

[1]《007》是风靡全球的系列电影，007不仅是影片的名称，更是主人公詹姆斯·邦德的代号。他冷酷但多情，机智且勇敢，总能在最危难时化险为夷，也总能邂逅一段浪漫的爱情。——编者注

还是他在特工学校里的班级号，或者可能是他的鞋码。反正他既优雅风趣又绝顶聪明，我也一直想做这样一个人。不管局势多么危险，他总能谈笑风生。所有的女人都喜欢他，真是太棒了。我现在既然成了人，哪怕长了一个十二岁女孩的身体，也一定要做这样一个人。可是这也不是由我选的……不管怎么样，一想到要当特工，我就兴奋不已。

顺便说一下，一想到所有女人都喜欢他，我不禁想到另一件事：我还能跟欧德特交流吗？或者说，我是不是失去用肢体语言交流的能力了？这我也得尝试一下，我跟她还有账要算呢！我决定马上弄清楚这个问题。做人至少有一个好处：想出门就可以出门，想去哪儿就去哪儿！这真是太有用了！

我在院子里四处张望了一下。根本没有猫的影子。人类是怎么招呼猫咪过来的呢？

我试着发出了自己以前的经典叫声：“喵！喵！喵！”

没有反应。好吧，换作是我，见到一个小孩站在院子里这么喊，也不会马上跑过去的。或者是他们没听到？

我又大声喊了一遍：“喵！喵！喵！”

还是没有反应。这三只猫好像从地球上蒸发了！我不知所措地站了一会儿，终于想到了一个好主意。有句话怎么说来着？有肥肉才能逮到老鼠。那么用鸡肝肯定能找到猫。尤其是这三个家伙，早就吃惯了我的食物。我没记错的话，安娜刚刚煮了一大份鸡肝……

不一会儿，我装了一铁罐美食，回到了院子里。这次我什么都没喊，只是把铁罐放在了上次我碰见他们三个的地方。接着，我走到垃圾箱后躲了起来，等待着他们的到来。

没过多久，斯皮克就偷偷溜了过来，后面跟着卡拉梅尔。只有欧德特不见踪影。那两只猫馋得很，很快就把吃的吞了个精光，丝毫没有注意到我的存在。我竖起耳朵，想要听出他们在说什么。有这么好吃的东西，他们俩还不兴奋得把什么秘密都说出来？可是我听到的却只有喵呜喵呜的声音。

我终于慢慢明白了过来：我听不懂他们俩说话了。这对我来说，简直是一记重拳。我——温斯顿·丘吉尔——竟然听不懂其他猫说话了。我最害怕的事情真的发生了。我脸上流下了滚烫的水。这是什么？我摸了一把脸，这股水来自我的眼睛，这肯定是眼泪吧！我哭了，这种感觉真奇怪，而且糟糕极了。不过，我也总算释放了一些压力。

就在这时，突然有个软软的东西碰到了我的手。很快，有个舌头开始舔起了我手上的眼泪。是欧德特！她跳到了垃圾箱后，来到了我身旁。我望了她一眼，再次发现她真的长得很漂亮。欧德特也看了我一眼，然后把头送进了我的怀里，开始舒服地发出咕噜声。就算我不能跟她交流，我也很清楚这是什么意思：这是要我摸摸她。

我用手指拂过她的毛发。其实，我真的想阴险地使劲捏她一把，就像她上次对我那样。毕竟现在我是一个人，块头比她大很多。我只要对她略施惩戒，就一定会让她记得这个教训的。可是，我很享受她趴在我身边的感觉，怎么都下不了手。现在，我是那么渴望回到做一只猫的日子，几乎都要喵呜一声叫出来了。要是我现在是一只猫，就能跟欧德特坐在一起……我感觉到自己的心跳在加速，胃里也产生了一种奇特的感觉。心跳加速，胃有压迫感，我是病了吗？

有那么一刻，我想过是否要告诉欧德特我其实就是温斯顿。说不定她能听得懂人话呢！反正我还是一只猫的时候，我是听得懂人话的。不过就算她听懂了，也不见得会相信，说不定还以为我疯了。毕竟，这个故事太离奇了！

“啊，原来你在这里，亏我

还到处找你呢！可是我不该自己从房子里出来的。这样也许太愚蠢了！”琪拉说着，跳到了我们身边。

真可惜，现在我们的二人世界被打破了！欧德特把头移开了一会儿，咕噜咕噜叫了几声，又躺了回去。这时，我有了个主意。

“你能听得懂她说什么了吗？”我在意念里对琪拉说。

“当然了。不过可不是什么好话。”琪拉回应说。

“我早就料到了，不过我还是想知道。”我鼓足勇气说。

琪拉在脑海里咯咯一笑：“好吧，你真是自找苦吃啊！她说：‘你好啊，胆小鬼。你怎么又敢跑到这儿来？’看来你们俩不是好朋友啊，对吧？不过，说不定相亲相爱的人才会相互逗弄。”

“你最后一句是什么意思？”我问。

“啊，这是一句谚语，就是说如果两个人真的相爱，他们有时候反而会经常拌嘴。至少人与人之间是这样的，你们猫那儿是不是这样我就不知道了。”

我感到自己浑身发热，偷偷望了一眼欧德特，她还是懒洋洋地躺在我腿上。

“可是我不觉得自己喜欢欧德特，她一直把我当作一只爱慕虚荣、娇生惯养的猫，还说我很高傲。其实我根本不是这样的。”

琪拉斜着眼睛打量我：“不是这样的吗？”

我用力摇了摇头：“当然不是！根本不是这样的！我可能很有学识，却绝不自负。就算有，也只是那么一点点。”

琪拉在那儿默不作声。对我来说，有时候不说话也代表了一种态度，这令我十分恼火。

“而且这一切根本就是奥尔加的错。”我倔强地补充道。

“这跟我姨妈有什么关系？”琪拉有些吃惊地问。

“是她跟欧德特说我娇生惯养的。真是太卑鄙了！欧德特之前根本就不认识我，我之前一直待在屋里。这都是你姨妈散播的谣言。”

这下轮到琪拉恼火了：“我才不信呢！我姨妈才不是这样的人。”

“她就这么做了，而且还把我珍贵的粮食给了这帮坏蛋。不信你问欧德特。”

“我这就去问。”

琪拉又朝我们走近了一些，喵呜了几声。欧德特惊讶地抬起头，喵呜喵呜地回应她。

真是太奇妙了！她们俩显然在交谈，而我却一个字也听不懂。她们俩就这么来来回回地喵呜了几声，欧德特突然站起身，从垃圾箱边跳开，消失在了院子深处。

“怎么了？”我问琪拉。

“我刚刚弄明白了一个问题。”她回答说，“我姨妈从没说过你高傲。”

“什么？那你是怎么把欧德特弄跑的呢？你跟她说我们换身份的事情了？”

“当然没有，我说了她也不会信的。不，我就是跟她说，我的奥尔加是绝不会背后说我坏话的。”

“然后呢？欧德特什么反应？”我好奇地问。

“她很快就招了，说这些都是她编出来气我的，哦，其实是气你的。”

“好吧，那我就安心了。”至少在奥尔加这件事情上是如此。以后，那个讨厌的欧德特再说这种话，我再也不信了。

“不过，我姨妈倒是的确给欧德特和她的朋友们喂东西吃。她很喜欢猫！”琪拉补充说。

我点点头。一想到奥尔加的好，我又有点儿伤感起来。

可是琪拉又接着说了下去：“现在别想奥尔加和欧德特了，温斯顿！我们还有更重要的事情要谈。”

“好的，谈什么？”

“谈我们的调查策略啊！我们得想想怎样才能更好地识破

瓦迪姆的诡计。”

“啊哈！”其实，对于这个话题，我现在的兴致的确有限。我更愿意在自我同情中再沉浸一会儿，因为我是一只可怜的猫，一直被欧德特误解。我现在被困在一个十二岁女孩的身体里面，而她却不理解我。

“快来，温斯顿特工。我已经有好主意了，不，是绝妙的主意！”

13 安娜的日记本

“你要是连这么简单的文章都背诵不下来的话，那你好歹也要抄下来。”

“背诵？这是什么意思？”

“天哪，温斯顿！作为一只教授家的猫，你就不能稍微聪明一点儿吗！”

什么？真是太放肆了！

“我还从没见过比我聪明的猫。”我生气地说道。

“欧德特说的没错，你真的太自负了。你连什么叫背诵都不知道，还敢这么狂。还是让我来告诉你吧：背诵就是不停地读一篇文章，直到把它读得滚瓜烂熟，不用看也能记下来为止。这就是我们现在要做的事情。我现在给你写点儿东西，你就用这个把我妈妈引开一段时间。你要做的是赶紧把它背下来，待会我妈妈从外面买东西回来，你就说给她听。她给你讲数学题的时候，我就去翻她的包，寻找证据。她肯定把自己的日记本藏在了什么地方，可是我在她的房间里没找到。明白了吗？”

“一清二楚！”这听上去似乎挺简单的，但有一件事还是令我十分难受，我最好现在就说清楚。我在脑海里说了几句坏话。

琪拉被吓了一跳：“喂，你还好吗？你怎么突然这么讨厌我了？我这是想帮你啊！”

“我还好，琪拉。”我回答，“可你现在换了个身体，越来越放肆了。我是说，你现在倒是可以待在家里不出门，成天躺在我最爱的沙发上逍遥自在，可我却得去学校，还得用我的脑袋为你卖命。好吧，其实也是你的脑袋。显然，我是我们两个中任务更繁重的那个，所以你不应该指望我什么事情都能预先知道。我很肯定，你现在完全就是一只自私自利的猫。”好了，发泄到此为止，我希望这会有用。

琪拉瞪大了眼睛望着我：“哦，温斯顿，对不起！我不是想控制你，只是一想到也许我能给妈妈帮上忙，就稍微有点儿激动。显然我表达上没顾及你的感受。对不起！我不是那个意思！”

现在，琪拉的语气听起来很难过。也许我有些过于敏感了，因为突然做不成这所房子里最聪明的猫，我多少有点儿不适应。好吧，维纳教授当然比我还聪明，可他毕竟不是孩子。也许，我真的有些自负？不管怎么样，这个事实我已经有些听不下去了。

“我接受你的道歉。”我安慰琪拉说，“不过你应该考虑一下，如果我们找大人帮忙会不会好些？我们自己做这么多事情，是不是要求太高了？维纳教授肯定有办法帮我们变回去的，他真的很聪明，我还没见过比他更聪明的人。”

琪拉突然弓起了腰，生气地叫了几声：“不，温斯顿！这是我发现妈妈秘密的唯一机会。我们可以一起配合解决这个问题的。而如果现在我是一个女孩，你是一只猫的话，就做不到了。”

我叹了口气：“好吧，那我们就还这样吧！如果不行的话，我会跟维纳教授说的。”

“那得在我们没办法了的情况下！不过我跟你保证，我们会有办法的。”琪拉斗志昂扬地说，“现在，我们先把你一会儿要跟妈妈说的话写下来。而且千万记住：不要让她看到你的

眼睛，要不她就会发现你有些不对劲了！”

“可是亲爱的，你有什么不明白的呢？这很简单啊！”安娜不知所措地看着我。

“哎呀，我就是不明白，一点儿都不明白。”我的确没撒谎。安娜和我坐在餐桌前，面前摊着一张纸，上面写着“$18 \div x=6$”这个方程式。这是什么意思？简直跟猜谜一样。

安娜皱起了眉头：“只有一个未知数的方程是很好解的。你就当两边是一个天平的两端，不管你做什么，它们始终要保持平衡。”

“哦。”在安娜身后，我可以看到琪拉正在翻着她妈妈的手提包。她刚刚轻巧地把包从挂衣杆上取了下来，现在正在往客房里溜。

“琪拉，你在听吗？”

“啊……我？当然在听啦！”

“我跟你讲解的时候，你得专心一点儿。”

“好的，妈妈，不好意思。”

“而且你得赶紧去理发店了。你的马尾辫都快把你整张脸遮住了，我都看不见你的眼睛，你肯定也看不清东西了。不会算这个数学问题，大概就是你没看清楚引起的。”说着，安娜笑了。我也勉强挤出了一丝笑容。

“嗯，有可能，妈妈。你继续讲题吧！”在安娜想把我的头发从额前撩开看看我的眼睛之前，我赶紧把她拉回到原来的话题上。

“你说得对。如果你想把 x 从分母变成分子，那就……”

这时，琪拉又回到了厨房，一跃跳进了我怀里。她肯定有什么要对我说。

“温斯顿，我需要你的帮助，我一个人打不开那个手提包，因为上面有个拉链。”哼，这可不是什么好时机。要是我在安娜帮我解题的时候去干别的事，那我肯定要挨骂了。

“那你就得在等式两边都乘上一个 x，懂了吗？”安娜耐心地继续解释说。

“啊？什么？”

“琪拉，你得在等式两边都乘上一个 x。”

“对不起，我得去下洗手间。”我赶紧说。在这么短的时间里，我实在想不出更好的借口了。

安娜翻了个白眼：“说真的，琪拉。你这是怎么了？你看上去好像很不安的样子。”

“没有，我就是憋久了。”我从椅子上跳下来，沿着过道走去。但愿安娜不要跟过来，因为我要去客房帮琪拉打开手

提包。我偷看了一眼：安娜没来。于是，我赶紧钻进客房，把手提包拉开。琪拉连忙在包里翻找起来。没过多久，我又重新回到了厨房里，尽可能地分散安娜的注意力。

“好的，分子和分母。你能再讲一遍吗？”我尽可能无辜地说。

“你得做乘法，很简单。不过两边都得乘，明白了吗？”

我点点头：“明白了，两边都得乘，是该这样。”哎哟，分母，分子，乘法。我庆幸自己是一只猫，而不是一个上七年级的女孩。

“怎么样？找到了吗？”我一听完安娜上的数学辅导课，就瘫倒在琪拉的床上问。

“是的！我想的没错，妈妈真的把日记放在了手提包里。

我已经看过了，现在你得把它放回去，别让她起疑心。”

“好，我马上去！里面有对我们有用的信息吗？”

“我觉得有。妈妈写道：她跟瓦迪姆的事情没有任何关系，可他却一再把她拖下水。瓦迪姆声称这些都是我妈妈的主意，他只是出于对妈妈的爱才帮妈妈这样做的。现在我妈妈担心警察会相信瓦迪姆的说法。”

“好吧！可到底是什么事情呢？”

琪拉摇了摇尾巴：“里面没有写。这本日记本还挺新的，写的就是最近几周的事情。反正我们现在可以肯定的是：我妈妈没有干违法的事情。”

我伸出胳膊，把琪拉揽进了怀里：“好，可是我们还是不知道发生了什么。怎么才能弄明白呢？”

琪拉翻了个身，看着我的脸：“或许我们要去瓦迪姆那儿一趟，试探一下他。”

我感觉到自己的心跳正在加速：“去瓦迪姆那儿试探他？这是个好主意吗？我觉得，他有暴力倾向。难道我们不是应该跟他保持距离吗？”

“不行，保持距离我们就不知道他到底做了什么了。”

尽管她说得有道理，可我还是高兴不起来。我建议我们取个折中方案。

“你看，有些人是专门跟罪犯打交道的。他们叫什么来着？是叫警什么的吗？”我特意停顿了一下，可是琪拉根本就没注意到我的问题，我只好自问自答，“叫警察对吧？我们为什么不去警察那儿，告诉他们我们知道的一切呢？”

琪拉的身子微微发抖：“因为他们是不会相信我们的。他们已经来这儿问过我妈妈了。妈妈肯定告诉过他们，自己跟那件事情无关。可是她在日记里也写了，警察不相信她。所以警察正在调查她。不，不行，我们必须自己弄清楚到底发生了什么。”

神圣的油浸沙丁鱼和可恶的鲱鱼沙拉啊！这个孩子真是冥顽不化！我都预感到我们的尸体将被绑在水泥柱上出现在易伯河的河滩上了。罪魁祸首就是那个叫瓦迪姆的罪犯！我经常在电视上看到类似的场景，谁挡住了罪犯的去路，往往就是这个下场。我最后一次尝试着让琪拉放弃这个计划。

“要是非得去的话，那也千万别就我们两个。要是我们不能把秘密透露给维纳教授，又不能让你妈妈知道，那我们就得去找别人来支援我们。”也许我威胁要带上别人，琪拉就会放弃了。

“懦夫！”琪拉喊道，“还有谁会支援我们？这里你谁都不认识。难道你要带上欧德特和斯皮克他们吗？难道你想使唤三只猫？”

“我当然不认识别人！”我硬着头皮说。我可千万千万不能服软。

“所以呢？”

“有了，我知道该问谁了。”

“好，说来听听。”

“我问……嗯……我问……嗯，我可以问……”就在这时，我真的想到了两个可以求助的人。我真得问问他们，现在就看琪拉同不同意了。

14 莱奥尼的纸条风波

我认为，要想说服别人什么事情，最明智的办法就是实话实说。可是汤姆和宝丽都瞪大眼睛望着我，以至于让我有些怀疑，事先告诉他们瓦迪姆是个很危险的人物是不是个明智的选择。要是他们俩不愿意跟我一起去的话，那我可就把事情搞砸了。

“你说那个家伙很危险，可能他真的做过什么坏事吧？”汤姆皱了皱眉头。

“嗯，是的，好吧……其实……”就算我现在改口说瓦迪姆是一个很友善的人，估计他们也不会相信了。看来我以后开口前还是得多考虑一下。

“嗯，瓦迪姆有时候比较易怒，他已经招惹过警察了。除此之外，倒也……”

“就是说他真的真的很危险。”汤姆抿嘴一笑，“太酷了！”

酷？也就是说，汤姆觉得去试探一下瓦迪姆是个好主意？太棒了！

“要我说，如果你需要两个搭档陪你一起去完成危险任务的话，那我跟汤姆就是最合适的人选。”宝丽笑着补充道。看来我想的没错！

“你的计划具体是怎样的？”汤姆打听道，“用两三句话简单说说，课间休息时间快结束了。”

问得好，问得很好！我的具体计划是什么？

“啊，我想……嗯……”其实我还没想好。目前为止，我只想过我跟琪拉不能孤身犯险，而是要多叫上几个人。

“你是还没想仔细吗？”宝丽追问道。太聪明了，一语中的！再去狡辩是没有意义的。

“不幸被你说中了。”我承认说。

宝丽叹了口气：“好吧！那我们得好好想想了。要是我没理解错的话，那个瓦迪姆告诉了警察，他跟你妈妈一起犯了什么罪，但其实是他一个人干的。现在你妈妈不想回他身边，所以他就不愿意改口了。”

“没错，就是这样。”

“那我们就需要设置一个陷阱。”

陷阱？我只听说过捉老鼠的陷阱。人们在捕鼠器上放一块奶酪，一旦老鼠去动它，捕鼠器的门就会关上，这样老鼠就只能在里面挣扎了。不过这种陷阱一般都很小。就算我没亲眼见过那个东西，也可以肯定瓦迪姆是装不进陷阱里的。

“没错，陷阱。琪拉，你为什么看上去那么疑惑？”宝丽不解地问。

“我不知道。瓦迪姆和奶酪？而且有那么大的……”我还没说完我的问题，上课铃就响了。

“你先记着你想说的，我们过后再谈。说不定上生物课的时候我会想到什么好主意呢！”

普雷托里斯先生的生物课是我现在最爱的学科，这不是因为我对生物感兴趣，而是普雷托里斯先生在我眼里就是一个爱猫的人。爱猫的人都是好人！

这跟我的同桌艾米丽正好相反。她不但不是什么好人，而且简直就是个祸害。比如现在，她就正跟那个讨厌的莱奥尼传纸条，我知道她们肯定在说我什么坏话，因为我在其中的某张字条上瞥到我的名字了。闭着眼睛都猜得到，她们说的肯定不是好话。不过，我还有更重要的事情要做，可没工夫跟这两只笨“山羊”怄气。我是一只肩负神秘使命的猫！

普雷托里斯先生似乎也注意到了她们俩的小动作。他跑到莱奥尼跟前，没收了其中的一张纸条。

“亲爱的莱奥尼，除了让我感到生气之外，这个跟我们刚才说的人类的神经细胞有什么关系吗？”普雷托里斯先生微微一笑。

“还给我！”莱奥尼愤怒地吼道。

“莱奥尼·魏歇特，我做什么不做什么，可不是你能决定的。要是你跟艾米丽再这么传纸条下去而不认真听课，那我可真要生气了。现在让我们来看看你们写了什么。”

普雷托里斯先生清了清嗓子，大声读出了纸条上的内容：

嗨，艾米丽：

你知道我爸爸是怎么说俄罗斯人的吗？他说这些人要么是罪犯，一身铜臭味；要么很老实，穷得连手纸都买不起。或许我们应该送琪拉一卷手纸，如果她妈妈是保姆的话，她们家肯定算不上富裕……

我明显感到自己身上一阵冷一阵热。当然，这张纸条说的不是我温斯顿，而是琪拉这个女孩。可是就算再笨的猫，也看得出这张纸条上的内容是多么的恶毒，她们的用心是多么的坏！

普雷托里斯先生放下纸条，什么都没说。整个教室也静得连一根针落地的声音都听得见。我不知道，这到底是好的还是不好的征兆。

终于，普雷托里斯先生深吸了一口气："莱奥尼，我被震惊了！我真的不敢相信，你竟然在纸条上写了这些蠢话。你有什么要解释的？"

莱奥尼什么都没说，就是脸红了。认得出各种颜色真的是变成人的最大好处之一，之前我还从没意识到人的脸会变颜色。真有趣！

"莱奥尼，你有什么要解释的？"普雷托里斯先生的声音很刺耳，让人听了很不舒服。

"我……嗯……我是想……"莱奥尼开始结巴了，她平日的自信荡然无存。

"什么？"普雷托里斯先生追问道，"你想怎么样？把同学彻底羞辱一番？还是为那个你其实根本就不了解的国家制造谣言？"

“不是，我就是想……我不就是想闹着玩嘛！”莱奥尼的声音已经稍微带着哭腔了。

普雷托里斯先生仍然沉着脸，站在她桌前望着她：“闹着玩？我看可不是这样！还是你听见这儿有谁笑了？”

“没有。”莱奥尼的声音小得跟蚊子一样。

普雷托里斯先生叹了口气：“我亲爱的大小姐，我觉得这够罗森布莱特女士给你一个警告处分了。”

“啊，不！”莱奥尼喊道。这下，她真的开始哭了。

警告处分是什么？显然不是什么好东西。突然间，我觉得莱奥尼也有些可怜了。

“我是说，这够得上给你个处分了，但我没说我们马上就去她那儿！虽然其实我也很想这么做，因为我觉得你们写的这个真的是太过分了！不过我还是有办法让你将功补过，也算是给受害者一些补偿。”

莱奥尼惊讶地睁开眼。显然她没听懂这话的意思，我也没听懂。

普雷托里斯先生开始给大家解释：“我想，与其把你马上拖到罗森布莱特女士那儿，也许还有一个更好的解决办法，就是让你向琪拉道歉。你得请你的新同学吃冰激凌，在这个过程中，也许她能给你介绍一下她家乡的情况，好让你下次再写这种废话之前，能够先好好动动脑子。听明白了吗？”

莱奥尼点点头。

“最好也带上艾米丽。”普雷托里斯先生继续说，“我觉得她也急需了解一下那个世界上最伟大的国度之一的情况。你们得友好一些。你同意吗，琪拉？”

我也缓缓点了点头。

“好的，那就这么定了。今天下课后你们就可以去了。不过现在你们得先跟琪拉道个歉。”

“对不起，琪拉！”莱奥尼和艾米丽齐声说，“是我不好。”

突然变得温顺许多的莱奥尼接着说：“我请你吃一个很大很大的冰激凌，算是给你赔罪。你可以去我最爱的那家甜品店随便挑，好吗？然后我们好好谈一谈。”

我又点了点头。但愿去那儿之后她们俩不会真的想听俄罗斯的事情。

15 偷T恤的陷阱

“快，该走了！”莱奥尼笑着对我说。

不过我很清楚，这绝不是表示鼓励的微笑，而是有一些……嘲讽的味道。好吧，姑且当她坏笑了一下吧！

“难道你不敢？”莱奥尼接着反问道。

我赶紧清了清嗓子：“有什么不敢的！我当然敢，不过……”

“不过什么？”这一回，不只是莱奥尼，艾米丽、露特和海伦娜都坏笑了起来，仿佛她们这辈子都没这么开心过。

“哎，我是说，溜进这家店里偷 T 恤，恐怕不是很明智吧！要知道那儿差不多有四台监控摄像机呢！万一出了事，我们就少不了要官司缠身。”

莱奥尼瞪大了眼睛：“官司缠身？你在扯什么废话呢？”她掉转脚步，撇下我一人独自走开了。其他三个人赶紧跟了上去。

该死！这样可不行！看来之前我对于做一个人意味着什么还是知道得太少了！更别说是做一个女孩了！我把一切都想得太简单了。

我真没想到，原本请我吃冰激凌赔罪这么一件事情，竟然要如此收场：她们带我去一家时装店，而且要我去里面偷一件T恤。

可是事情竟然就真的这样发生了。先是我们五个人：莱奥尼，艾米丽，我，还有另外两个莱奥尼的死党，去吃冰激凌。一切都还比较顺利，我们说着学校的闲话，莱奥尼也一再为传纸条的事情道歉。接着，她们四个决定接纳我，欢迎我加入她们的小团体。但前提是我要通过一场勇气的考验——去苋里茨商店里偷一件T恤。

虽然我对人类的行为没有太深的了解，但还是知道这样的举动会招惹来许多麻烦，最好还是别干。

可是，或许琪拉真的很想成为这群人中的一员，机不可失，难道我就这样把这个机会白白浪费掉了？我设想了一下：如果欧德特想要跟我做朋友，却恰好被处在我身体中的琪拉拒绝了，于是这个机会就这样错过了，欧德特再也不愿意跟我说话了。要真是这样的话，那我肯定会非常生琪拉的气——可我真的要进去偷 T 恤吗？

我转过身，追上去叫着莱奥尼的名字："喂，等等！你们要是真的觉得这很重要的话，那我就去干好了。"

莱奥尼和她的同伴转过身，回到了我身旁："太酷了！那就做给我们看吧！"

我尽量装出一副无所谓的样子，但其实这时的我已经浑身不舒坦了："好的，没问题！"

于是，我们五个人缓缓地踱进了那家商店，从收银台旁走了过去。

"那儿！"莱奥尼指了指一件胸前印着几个闪闪发光的字母的白色 T 恤，"我就要这件。快去给我弄来！"

我吞了吞口水，点点头。我该怎么做才好呢？我警惕地四下张望了一下：乍看上去，周围似乎没有摄像头。于是，我两眼一闭，上前一把抓起那件 T 恤，把它塞进了我的衣兜里。

莱奥尼盯着我小声问："拿到了？"

"嗯！"

“那快走吧！”

我们尽量不引人注意地朝出口溜去。我的心跳在加速，感觉整个人都开始冒汗了。但愿我们能顺利出去。离门越近，我的胃就抽搐得越厉害。挺住！

在离门大概一米的位置，突然出现了一个黑影。虽然我只用余光瞥了一眼，但很快就认出那是一个男人。天哪！这肯定是商店里的保安。其他几个女孩也看见了，赶紧向门外跑去。我也赶紧追了上去，可就在我将跟在莱奥尼身后跑出商店的那一刻，她却猛地一把把店门关上了。我赶紧一个急刹车，才免于被门撞到鼻子。一秒钟后，我感到有一只手抓住了我的肩膀。

是个骗局！现在我很确定，莱奥尼是故意把我落下的。要不是她把门一把关上，我本来也可以跑出去的。透过橱窗，我看到莱奥尼和她的小伙伴们边跑边笑。这些人怎么可以这么无耻呢？

“小姑娘，”那个黑影用低沉的声音对我说，“让我看看你衣兜里有什么。”

他伸手去翻我的口袋，我没有反抗。因为在我看来，现在任何反抗都是没有意义的。他把那件 T 恤找了出来：“哈哈，你看，你看。跟我到后面的办公室来。”

我垂头丧气地跟着他来到了办公室。房间不大，却相当敞亮。而且，他看上去怎么都不像是我愿意跟他起争执的人。那个保安把我带进了他的小办公室，大手一挥，示意我在办公桌前的椅子上坐下。

接着，他也坐到了我对面："你叫什么名字？"

"温斯顿·丘吉……啊，我叫琪拉·科瓦伦克。"

那个男人皱了皱眉头，神色严肃地看着我："听着，小姑娘，这件事情很严肃，你可别耍我。你到底叫什么名字？"

"对不起！"我后悔地嘟哝了一句，"可我真的叫琪拉·科瓦伦克，我的小名叫温斯顿，因为……因为……啊，因为我英语很好。"

"呵呵，那你多大了？"

神圣的油浸沙丁鱼啊！怎么老是这个问题！我多大了？十二岁还是十三岁？我也不确定。可要是我现在说我也不知道，那这个家伙肯定不会信的，而且说不定他会更不高兴。

于是，我肯定地说："十二岁。"

"也就是说还不到十四岁？"

"是的。"

"啊哈，运气不错。"

我有些迷惑了，怎么还说我运气不错？那个男人显然看出了我的疑惑。

“如果你十四岁了，那就可以判刑了。那你就得上法庭，接受惩罚。所以虽然现在我也会叫警察来，可是他们也做不了什么，顶多把你交给你父母，然后训斥他们一顿。”

一听到警察这个字，我猛地吓了一跳。别又让警察来啊！要是警察来了，再想瞒住安娜或者维纳教授，就不可能了。那我可真的得遭殃了！

“非得叫警察不可吗？”我有些犹豫地问，试图把损失降到最低，“我可以付钱买这件T恤啊，这不就解决问题了嘛！”好吧，虽然我没有钱，但或许至少可以跟他谈判一下。

他愤怒地摇了摇头：“不行，没得商量！你偷东西前可真得好好想一想，话说你的小动作还真的不容易发现。还多亏了你那些诚实的好朋友帮忙，要不是她们把摄像头转了个角度，让它正好拍到你，我还真没有发现呢！”

什么？是她们出卖了我？她们不但故意把我关在门外，还故意让保安看见我？这难道就是宝丽今天早上说的陷阱吗？我已经感觉到我的眼泪夺眶而出了。我不是伤心，而是生气。很生气！

当班的女警察其实对我还算客气。我在她面前掏了心窝，把考验勇气的那回事都说了出来，还说了早上在学校发生的事情和莱奥尼写的纸条。她一边点头表示理解，一边不停地给我递餐巾纸，因为我的眼泪一直停不下来。真是人心险恶啊！我也太蠢了，竟然会上这个坏蛋的当！我这么一只聪明的猫，竟然让四个小姑娘给骗了！

虽然那个女警察很同情我，但她还是不得不把我妈妈叫来。当然她叫的是安娜，而不是我的猫妈妈。就算我的猫妈妈来了，她又能说什么呢？反正她也不会跟人沟通交流。

可安娜来了我该怎么办？我觉得自己还没有做好跟她大吵一架的准备。要是琪拉在这里该多好！这样一来，当安娜

咄咄逼人地质问我的时候，至少她还可以偷偷给我一些建议，告诉我最好回答什么或者怎么做。

突然，我有了一个天才般的主意……我跟琪拉之间是不是也可以隔着很远的距离交换想法呢？就像打电话那样？有了电话，两个人就算不在同一个房间，即使隔着很远，也可以说话。在维纳教授、安娜和奥尔加身上，我都看到过这一幕。要是这在我们身上也行得通的话就好了。何止好啊，简直太棒了！那我就可以跟琪拉随时沟通了。

我把我的意念全部集中到了琪拉身上，在心中默念：

亲爱的琪拉，我现在遇到大麻烦了。哎呀，简直都快挂了！要是安娜一会儿接了个电话要出门，那你可千万千万千万要尽量陪着她一起来。我这里很需要你！再加上三个感叹号！

“琪拉？”那个女警察刚才显然问了我什么，正在等我的回答。

“啊，什么？”

“你还好吗？你好像突然有些神情恍惚。”

“没事，我还好。我就是想了点儿事情。”

“好的。那我给你妈妈打电话了啊！”

我叹了口气。但愿我在意念里传递的讯息能够起作用。

16 宝丽的主意

“妈妈！”安娜一进警察局的门，我就从椅子上跳了下来，扑进了她的怀抱。

与此同时，我尽可能不被注意地在走廊上张望了一圈，琪拉来了吗？真的来了！她就坐在门槛上，正紧张地来回摆动尾巴。

“琪拉，到底怎么了？”安娜焦急地问我，“你是怎么想到去偷东西的？”

“就是，温斯顿，你到底在干吗？”我在脑海里也听到了琪拉的声音。

“哎，说句实在话，我这是在挽回你的名誉啊！”我回应

琪拉说。

“什么？那你怎么最后进到警察局来了呢？”琪拉偷偷溜进了房间，坐在依然把我揽在怀里的安娜旁边。

“喂，”女警察对安娜说，“这只动物是您带进来的吗？这在我们这儿是不允许的。”

安娜松开我，转向了女警察：“我知道，实在不好意思。我真的没法做到不带这只猫出门，她疯了一样往我身上扑，把我的衣服抓得牢牢的。我要不带上她的话，现在我都来不了了。”

女警察眉头高耸，都快碰到她的发梢了。显然，她不太相信安娜的话。

安娜叹了口气，试着换种方式解释：“另外，温斯顿也是琪拉最好的朋友。我觉得把她带上也许是件好事。电话里琪拉听起来情绪可激动了。”

安娜说得没错。当那个女警察把听筒给我，叫我说几句的时候，我尽量把声音变得越夸张越好。我想，如果安娜真的在乎我的话，那她见我这样也许就会仁慈一些。

“快，温斯顿，把我抱到怀里。”我听见琪拉在脑海里说，“要是妈妈都说她带我来是为了安慰你，那你最好也配合她一下。这样说不定她也能平静一些，她可是真生气了。你

最好把戏演得好一点儿。”

没错。在那个女警察把琪拉撵走、安娜大发雷霆之前，我最好积极表现一下。我大声说：“是的，我的猫咪呢？”然后弯下腰，把琪拉搂在了怀里。

“亲爱的温斯顿，我可想你了！”我一边尽可能温柔地说，一边希望我突然迸发出的爱动物之心能够令人信服。我把琪拉紧紧抱在胸前，把我的脸埋进了她的毛发里。

“喂，注意点儿，我快喘不过气来了！”琪拉抗议说。我赶紧松开了一点儿。显然，作为一个人，我还没有太多跟猫亲近的经验。我从来不知道猫竟然这么敏感！

那个女警察继续打量着我：“好吧，要是琪拉这样会好过一些，不再哭了的话，那我就破例让这只猫留下吧！我有一些手续要跟你一起过一遍，科瓦伦克太太。琪拉，要是你乖乖地坐在这里不闹腾，让我跟你妈妈好好说些事情，我就让温斯顿留下，明白了吗？”

我点点头，安娜和女警察离开了房间。

琪拉从我怀里跳了出来，坐到了我面前的写字台上：“现在你好好说说，安娜接了警察局的电话后大发雷霆，你在意念里传来的讯息我也没太明白。到底发生了什么？”

我简单地给琪拉讲述了一下我今天下午的悲惨遭遇。当然，我没忘记强调我偷这件 T 恤都是为了她。就在我正要继续解释的时候，门开了，一个男警察朝房间里张望了一眼。他看见我后，说了句“对不起”，就又走了。不过他出去的时候没关好门，这样一来，我跟琪拉就听见了他在走廊上跟另一个男警察的对话。

“这孩子是谁？”他问。

“琪拉·科瓦伦克，行窃被抓。好吧，这种事也是常事了。她妈妈已经来了，克劳迪娅正在跟她谈话。”

“科瓦伦克？这个姓听起来好熟悉。想起来了，之前我跟迪特去做家访的时候，也见过这个女孩。那个家很干净！我们在阿尔托纳办案的时候注意到了这个女孩的妈妈，我们发现……”

可惜我没听清他说他们发现了什么，因为就在这时，写字台上的电话响了，铃声盖过了他们的谈话声。

“该死！”我想，“琪拉，我们得听听他们到底在说你妈妈什么。”

“是的，我们的机会来了！我去尾随他们！我打赌，他们还会继续说我妈妈的事情的，这样一来我们就知道真相了。”

“小心点儿！别被人抓到动物收容站关起来。在那儿你就没好日子过了！”

琪拉伸了伸四肢，在地上打了个滚。我似乎听见她在咯咯地笑：“胡说！我不是跟你说了嘛，我们是特工，而且是最棒的特工。没人能这么快抓住我们的！”

只听嗖的一声，她已经从写字台跳到了地上，溜出了房间。天哪！这个女孩真的很勇敢。

“等等。”汤姆饶有所思地挠了挠头，“要是我没听错的话：你妈妈是香烟走私犯，所以惹恼了瓦迪姆。”

我摇了摇头：“不，不是这样。”

我们三个人坐在操场的长凳上，我试着给汤姆和宝丽解释我在警察局发现的一切，更准确地说，是琪拉发现的。但这个秘密我还是不跟他们俩说了，因为我也不确定要是我告诉他们俩我其实是一只猫，他们俩会不会买账。不，我敢肯定他们俩是不会信的。而且更糟糕的是，如果连汤姆和宝丽都以为我疯了的话，那我在这个班上就真的再也没有朋友了。跟莱奥尼、艾米丽这帮混蛋的和解算是泡汤了，今天早上我在学校旁遇到她们的时候，她们抿着嘴偷笑，嘴张得好大，就像是被一根香蕉卡住了一般。我用我不在嘴边的猫胡须发誓：这真是太可气了！我一定会报仇的！

我相信汤姆和宝丽不会相信我是一只猫，而且他们俩也

不会理解我偷 T 恤的举动。反正他们俩也不喜欢那个讨厌的莱奥尼。我为了加入那个蠢货的小团体，竟然做了这么愚蠢的“勇气考验”，这让我在汤姆他们面前也有些无地自容了。所以我没跟他们细说我到底为什么进了警察局，只说我是跟着妈妈一起去的。

“是这样的——我在警察局偷听了两个警察的谈话。他们说，我的妈妈有走私香烟的嫌疑。不过那是当他们在我们原来的住处搜出了很多包香烟后，瓦迪姆说的。他说，我妈妈是一个香烟走私链的头目，他完全是因为爱她，才助纣为虐的。但所有人都是我妈妈联系的，所有的货源也是她不断要来的。他只是偶尔帮她分装一下香烟。他就这样把主要的罪责都推到了我妈妈身上，所以现在我们才有了这些麻烦。”

宝丽皱起了眉头：“可是有一点我很不理解——为什么要走私香烟呢？在加油站或者酒吧里都可以买到烟，根本不需要走私啊！”

“是，”我同意说，“当然没错。但你在商店里买的烟要比走私的香烟贵许多，因为那个烟还要交烟草税。”

“什么？”汤姆和宝丽一头雾水地望着我，他们俩的表情，就跟琪拉向我复述警察对话的时候一模一样。她也不能理解“走私香烟”和“烟草税”这些概念。我该说什么呢！作为一只猫，我真是太聪明了！这些年，我跟在维纳教授后面偷听了许多大人们的对话，对这些事情可谓了如指掌。所以，我才能向汤姆和宝丽解释“税”这个问题。

“是这样的：税是所有生活在我们这个国家——德国的人必须缴纳的钱。只有这样，国家才能够为我们所需要的一切支付费用，比如给学校里的老师和幼儿园里的保育员发工资。我们买东西的时候，其实也在交税。我们花的一部分钱，最后会进入国库，而买香烟交的就是烟草税。如果有人偷运香烟来卖，这种烟就不用给国家交税，所以价格也会便宜很多。这种行为是被严格禁止的，谁要是做这个被警察逮到，就有大麻烦了。听明白了吗？”

“唉，”宝丽叹了口气说，“有一点儿明白。也就是说，警察怀疑你妈妈违法贩卖香烟。但其实不是这样的，一切都是瓦迪姆的错。”

我点了点头：“没错，就是这样的。瓦迪姆现在不想说实话，因为他还在为我妈妈离开他生气。这就是问题所在。”

“嗯，”汤姆说着，又挠了挠头，“也许这不是因为爱，而是因为这事会让他在监狱里待很久。如果他真的只是你妈妈的帮凶的话，那就不会被重判。所以我们得证明瓦迪姆才是唯一的走私犯，对吧？”

“对！”我跟宝丽齐声说。

“宝丽，”我接着说，“你昨天说，我们得给瓦迪姆设一个陷阱，但是当时我们还不知道他到底犯了什么罪。现在我们知道了，你能就此设计一个陷阱吗？”

“当然，我昨天就想这么做了。现在让我想想行吗？”

这时，汤姆也突然眼前一亮：“你们说得对，让我也仔细想一想。”

我们就这样在长凳上默默地坐了一阵。突然，宝丽跳了起来。

“有了！”她微微一笑，可是别的什么都没有说。

“哎呀，宝丽，快说！”汤姆在一旁捅了她一拳，“要是你真有这么聪明的侦探大脑的话，就没必要再折磨我们了。”

“好吧。我觉得我们必须让瓦迪姆重新开始走私香烟，然后我们就偷偷拍照，把证据发给警察。这样，我们就能证明安娜不是走私犯，瓦迪姆在撒谎。就这么简单！”

“是啊，就这么简单！”汤姆的语气里明显带着点儿讽刺的味道，听上去多少有些言不由衷。这也不奇怪，因为对此我也深深怀疑。怎么样才能让瓦迪姆重新开始走私香烟呢？

“别这么沉着脸看我！”宝丽依然笑着说，“你们听好了，我的办法是这样的……”

“好吧，”我应了一声，“那就快说吧！”

“如果瓦迪姆靠走私香烟能挣到很多钱的话，那只要有一笔好生意摆在他面前，他就会干起老本行的。之前的香烟已经被警察没收了，现在他得去弄新的。只要他认为走私的香烟很快就能脱手，就肯定会去想办法弄的。所以必须有人先去他那儿订货，明白吗？我们必须假装要从他那儿买香烟。这样他就会想办法去弄香烟，我们就可以拍照取证了。”

“可我们怎么从他那儿订烟呢？”这次，轮到我用怀疑的口气提问了，“我们总不能直接去他家敲门吧？反正我是不能去的，因为他认识我，而且他也不卖香烟给孩子，这样他很快就会发现不对劲了！”

宝丽笑了：“谁说我们要当面跟他订香烟了啊？我们可以把我们的声音伪装一下给他打电话。等他告诉我们货到了，我们就偷偷溜进他的房子。你妈妈肯定还有那儿的钥匙吧？”

我耸了耸肩：“不知道。当然有可能。不过我得再看看。”

“另外，我们还需要瓦迪姆的电话号码。你知道吗？”宝丽问。

“我不知道。”

“可你不是也在那儿住过吗？”汤姆奇怪地问，“你总该知道别人是怎么联系他的吧！”

“啊……我……不知道。我现在还不知道。不过我会弄清楚的。”唉，要是再这么问下去，我可真是要出汗了。我决定尽快收场。

“宝丽，你的主意真是太棒了。我一回家，就去找电话号码，顺便再去翻翻钥匙。等我弄明白了就开始行动，好吗？”

汤姆和宝丽都兴奋地点了点头。我希望我能找到需要的东西，不至于让他们失望。这肯定很困难，我总不能直接问安娜吧？她还在为我昨天偷T恤的事情生气呢！在琪拉的帮助下，我在她那儿勉强渡过了难关，不过现在我可暂时不是她的掌上明珠了。

啊，真是太倒霉了！做个孩子怎么就这么复杂呢？

17 安慰安娜

已经有人迫不及待地等着我回家了。我一进门，就差点儿被琪拉绊了一跤。

“哎呀，你终于回来了！”琪拉兴奋地喵喵直叫。

“我不就是去学校了嘛，现在不还是天天去！你可别忘了，都是因为你！”

“哎呀，我不是那个意思。家里发生了一些不好的事情，我现在作为一只猫，可无能为力。”

“怎么了？发生了什么？”

“我妈妈刚才精神崩溃了。之前警察来过电话，现在她一边哭，一边在跟我姨妈奥尔加打电话。她们说的是俄语，一般只有事情严重到了火烧眉毛的地步，她才会说俄语。”

“火烧眉毛？天哪，那我们得赶紧给消防队打电话！”我感觉到自己的脉搏开始加速。与所有的猫一样，我天生就怕火，尤其是当我家里着火的时候，就更是如此。

琪拉咯咯一笑。

“有什么好笑的？我马上报火警。”

“傻子！这又不是字面上的意思。”

“不是吗？”

“不是，当然不是。要不我还能这么安稳地坐在这儿吗？”

“哎呀，反正你们人又不怕火。”

“没错，可是我现在感觉自己越来越像一只猫了。这种改变是内在的，今天早上我竟然觉得鱼还挺好吃的，以前我是从来不吃鱼的！”

我明白琪拉在说什么，我的感觉也差不多。今天课间休息的时候，我吃了一大袋小熊橡皮糖，这么甜的东西，我之前是从来不会碰的。可不管怎样，在我看来火还是很危险的——幸好琪拉说不是那个意思。

“好吧，要是没东西着火，那到底是怎么回事呢？”我接着问她。

“我不是说了吗，我妈妈现在可激动了。我肯定原因不是跟走私香烟就是跟我偷 T 恤的事情有关，或者跟两件事情都有关系。”

“哦，我也正要跟你说这个呢！不过你先跟我说说，为什么你这么着急等我回来。”

“很简单啊，如果有人能让妈妈平静一下的话，那就是你了。当然，我说的其实是我，琪拉。只要我对她表现得好一点儿，她就觉得好多了，通常都会很快平静下来。”

“啊，我明白了。可是女孩子们是怎么对妈妈表现得好一点儿的呢？我是应该去舔舔她的耳朵吗？在我的猫妈妈那里，我就是经常这样做的。”

琪拉咯咯一笑，背过身去：“舔耳朵？那我妈肯定会奇怪地瞪着你看的。真好笑！不是，人类安慰妈妈有别的方式。来，我跟你说！”

我弯下腰蹲在了琪拉身边，小心地把她抱了起来，坐到沙发上。现在，是她教我怎么理解父母的时候了！

“最好的方法，就是睁大眼睛忧郁地看着妈妈。”琪拉一边跟我一起躺在沙发上晒着太阳，一边说，“不过这次不行，因为她肯定会发现你的——也就是我的眼睛突然变成了绿色。这一招不能用，不过我们还有其他方法，足以平复她的情绪。”

“但愿吧！要是维纳教授回来之后，安娜还在那里大声嚎叫的话，可真不见得是什么好事。他肯定会想弄明白到底发生了什么。我了解我的教授大人，一旦他发现了问题，肯定会揪住不放的。他想帮上忙，就肯定会干预这件事情。两条腿的人啊，都是这样的！”

“嗯，我几乎都能想到要是维纳教授去敲瓦迪姆的门找他理论的话，我们这儿可不止眉毛要被烧着，恐怕整座房子都要被烧了！”这下，尽管是在谈论着火的事情，连我也笑了。老天爷啊，我真的快成两条腿的动物了。

“是的，我们一定不能让这件事情发生。最好我们自己就把问题解决掉。我们怎么把你的妈妈从树上拽下来呢？”

“什么？树上？”琪拉不解地看着我。

我叹了口气。这个女孩真的不了解我们猫的习性，虽然她现在就是一只猫。

“我是说，我们怎么做才能让她安静下来？”我耐心地解释说。

“啊，我明白了。你最好跟她说，她是世界上最好的妈妈，你让她生气了，自己心里也很不安。”

“这在我听来很稀疏平常啊，不是吗？”

琪拉摇摇头：“不是的，恰恰相反，父母们就喜欢听这样的话！”

真的吗？我想，要有人这么肉麻地跟我说话的话，我肯定会怀疑他葫芦里卖的是什么药。

“你是说，我就这么说几句，就能让你妈妈变好了？”

琪拉点点头：“嗯。你说话的语气再温柔一些，她肯定抵挡不住，很快就会好起来的。”

“温柔些？你是说边舔着她的耳朵边说吗？”

“你怎么这么喜欢舔耳朵啊！”琪拉好像真的被逗乐了。

“是啊，左边舔舔，右边舔舔，我觉得这样很舒服啊！”

“别，千万别，效果肯定不好。”真可惜，我本来还想试试呢！

“你最好跟她一起坐在沙发上，然后把你的头放到她怀里。当她开始抚摸你的头发的时候，你就成功了。你再把我刚才教你的话说一遍，问题就解决了。我保证！”

“好吧，等你妈妈跟奥尔加通完电话，我就贴到她身边去这么忏悔一番。但愿在维纳教授回来的时候，她就能恢复正常了。至少这儿不能出事，瓦迪姆那儿我们之后再谈，我们已经有主意了。”尽管对于这件事我迫不及待地有话要说，但我还是努力卖了个关子。

“‘我们’是谁？”琪拉好奇地问。

“汤姆、宝丽还有我。好吧，主要是宝丽的主意。”

“哦，不，你还在跟他们俩鬼混？”

“总比跟那只大‘山羊’莱奥尼鬼混好吧？”我毫不客气地说。我发现，只要琪拉一说汤姆和宝丽的坏话，我就气不打一处来。这是我第一次感受到在林间大道 106a 号之外，还有对我十分重要的人。这种感觉，跟我对维纳教授和琪拉的感觉不一样，他们俩就像我的家人，而在我跟汤姆和宝丽之间，似乎存在着另一种关联。见到汤姆和宝丽，我感到很高兴；如果琪拉说他们俩的坏话，我也会生气，想要站出来为他们俩辩护。我相信，如果反过来是他们俩听到别人说我的坏话，也会这么做的。太棒了！这就是所谓的友谊吗？

琪拉叹了口气：“温斯顿，你不明白，你是一只猫，不是一个女孩子。汤姆和宝丽可能真的很好，但他们俩是局外人，是非主流，你明白吗？要是跟这些局外人相处多了，你自己也会成为一个局外人的，就是这样的。我现在在那个班上还没有朋友，可如果莱奥尼对我好一些的话，我很快就能真正成为班上的一员。这对我很重要，你明白吗？”

我点点头：“虽然我是一只独来独往的猫，可这个我还是明白的。所以我也试过跟那帮女孩子交朋友，要不我也就不会去偷T恤了！我这么做可都是为了你啊！但如果我这只聪明的猫能给你出些主意的话——你必须首先被她们尊重，才能在她们那儿收获友谊。你越是降低身段去讨好别人，就越是不可能赢得别人的尊重。”

没错，尊重，这真的很重要！尽管我不像人类那样对友谊了解得那么多，但作为一只猫，我还是很明白尊重的含义的。对于一只猫来说，获得他人的尊重很重要——看看我跟那些野猫们打交道的经历就明白了。一想起欧德特和她的那些朋友，我的心情一下子就不好了。不过这是以后的事情了，我一次只能处理一件事情，现在的重点是瓦迪姆。

我清了清嗓子：“好吧，先不扯交朋友这件事情。宝丽和汤姆有一个揭穿瓦迪姆阴谋的好主意。”

“真的吗？”琪拉一下子就有了兴趣。

“真的。我们给瓦迪姆设置一个陷阱。我们中间的一个会用伪装过的声音给他打电话，就说我们想从他那儿买很多香烟。瓦迪姆觉得有机可乘，就会去进货。这样我们就能把他抓个现形了。”

琪拉歪着脑袋，打量着我：“不错嘛，温斯顿，这主意不错嘛！”

“我们还需要两样东西——瓦迪姆的电话和他家的钥匙，你得给我们弄来。按照宝丽和汤姆的说法，我得把这两样东西弄到手。我不敢打包票，但愿这不是什么问题。”

“没问题，这个好说。瓦迪姆家的电话我知道，你去妈妈那儿卖乖的时候，我就去偷钥匙。等她的注意力被转移了，就不会很快发现钥匙串上少了一把钥匙。”

“太棒了！等你妈妈打完电话，我们就行动。你去做特工，我去扮乖女儿。”

琪拉又咯咯笑了起来。

“有什么好笑的？”我问。

“哈哈，我在想你要是舔我妈妈的耳朵该是多么滑稽！”

18 订烟和做广告

“喂，是瓦迪姆吗？”

汤姆把一块手帕裹在了听筒上，他的声音现在听上去就像患了重感冒一样，一下子就苍老了很多，这令我大吃一惊。但愿瓦迪姆能被我们骗过吧！

“你是谁？”电话那头传来一个深沉的声音。

“这你不用管，你就当我是乔伊吧。”汤姆按照我们之前计划的那样说，“我听说你那儿有些货。”

“嗯，你听说了？你想怎么样？”

“能给我弄五百支韦斯特香烟吗？”汤姆的声音听上去真的很像电视里的坏人。太棒了！虽然我不知道韦斯特是个

什么东西。这肯定是个香烟的牌子。好像香烟也分很多种，汤姆和宝丽认为那些买走私烟的老手订货的时候都会说牌子的。不管怎么样，瓦迪姆在电话另一头沉默了一会儿。嗯……难道是韦斯特这个牌子不对？

“我这儿只有‘山羊’。”山羊？什么？我们又不是要买动物，是买香烟啊！就算走私山羊也是违法的，可我们的计划可不是这样的。要是山羊的话，瓦迪姆可绝对不会把他们养在家里，而是养在哪个草坪上。瓦迪姆的回答可绝不是我想听到的。就在这时，琪拉说话了。当我们聚在汤姆家里一起行动时，我把她也带来了。尽管汤姆和宝丽有些惊讶，但我也管不了那么多了。毕竟只有她最了解瓦迪姆，而现在这也终于派上了用场。

“没错，‘山羊’！”琪拉在脑海里对我说，“瓦迪姆抽的香烟的包装盒上，总是画着一只山羊。那个牌子好像叫蒂姆·辛尼还是什么的，我之前见过。也许他说的就是这个。”

我赶紧把琪拉的提示重复了一遍。宝丽长叹了一声。

“老兄！”她小声说，“你之前怎么不说！”

汤姆点点头，很快接上了话：“好吧，瓦迪姆，只有‘山羊’！我还以为你有比这更高级的货，不过‘山羊’我也就凑合着要了吧！”

喵呜！汤姆真是太酷了！我就是想上一百年，也想不出这么机智的对答。

电话那头传来了瓦迪姆的喘气声：“‘山羊’可是上等货，没有什么比这卖得更好了。你从谁那儿知道我号码的？”

“从中国人那儿！”琪拉在脑海里说。

“从中国人那儿！”我赶紧小声说。

“从中国人那儿！”汤姆在电话里有些不耐烦地大声说。

“好吧，五百支！我大概要两天时间，我会给你打电话

的。”

“不，我给你打电话。”

“好吧，随便你吧，两天后见。”

吧嗒！瓦迪姆挂了电话。哇，老天爷啊，鱼似乎真的上钩了。汤姆和宝丽也兴奋极了。

“我觉得他好像信了！”宝丽高兴地跳了起来。

“我觉得也是！”汤姆喊道，“可中国人是谁？”

琪拉喵呜了一声：“你就跟他们说你也不清楚，就是一个时不时上他那儿去的人。也许他本来是越南人，不过瓦迪姆总是管他叫中国人。我就是感觉他可能与此有关系，看来我感觉对了！”

我就这么简单地跟汤姆和宝丽解释了几句，他们俩瞪大了眼睛看着我。

汤姆鼓起腮帮子，猛吹了一口气：“噗，这听上去很像是有组织的犯罪啊！但愿我们还吃得消。”

“说什么呢！”宝丽把手支在腿上说，“我们又不用做什么！后天你再给他打电话，要是他告诉你香烟弄到手了，我们就用琪拉从她妈妈那儿偷来的钥匙偷偷溜进他家，把他的藏货拍下来，然后给警察打电话。一旦我们证实了瓦迪姆在撒谎，琪拉的妈妈也就洗脱了嫌疑，警察肯定会相信她了。

就这么简单！”

“可要是香烟没藏在他家，而是藏在别的什么地方呢？”

“喂，汤姆，你什么时候变得这么多疑了啊！不会的！一切只许成功，不许失败！”

“但愿吧……我就是想确定一下我们不会给琪拉的妈妈招来更多的麻烦。”汤姆一边说，一边友好地冲着我笑了笑，“毕竟我们是朋友嘛！朋友遇到了麻烦，是要相互帮忙的。”

在从汤姆家回来的路上，琪拉一直不说话。我很想知道她到底在想些什么，就在我们快到家的时候，她终于打破了沉默。

“好吧，也许我以前说的什么局外人那套都是废话。忘了这些吧，汤姆和宝丽都是好人，你的感觉没错。谢谢你，温斯顿！”

她用头蹭了蹭我的双腿。

我弯下腰，摸了摸她的身子：“哎呀，当局者迷旁观者清啊！虽然我跟汤姆和宝丽相处得很好，院子里的那些猫咪却不喜欢我，尤其是欧德特……她一直当我是个傻子。但愿我能改变她对我的看法。”

琪拉发出了咕噜咕噜的叫声：“嗯，等等。也许我也能想办法解决你的问题，让我想想。”

“哎呀，那样当然好啦！不过我担心在这只母猫身上我是没戏了。”

“喂，温斯顿，抬头挺胸！我可一直当你是个战士呢！而且我也想好该怎么帮你了。听着：等我们回家后，你就拿我——也就是你的碗去院子里喂他们吃的。然后你就告诉他们，这是温斯顿送给他们的礼物。他们是能听得懂人话的，对吧？”

“是的，当我还是一只猫的时候，也听得懂你说话。”

“太好了。给欧德特装一大碗吃的，多装点儿好吃的。在我们人类这里，请女士吃饭总是一件得了便宜又卖乖的事情。在她吃鸡肝的时候，你就告诉她温斯顿是一只多么出色的猫。你会怎么说？”

“自吹自擂可太不要脸了。”

“胡说，维护好自己的形象最重要。这其实就跟做广告一样，虽然大家都觉得广告很傻，但电视里的广告还是很有说服力的。”

“那些野猫不看电视。”

“天哪，温斯顿，别那么消极嘛！而且欧德特也不知道你就是温斯顿啊！”

琪拉说的当然没错。也许她的主意也真的没有那么糟糕，何况她好歹想出了主意，而我却半点儿主意都没有。

“好吧，既然你这么说……那我就试试。”

“好的！等她吃完了，你就拿着碗走。然后我就过去说一些她肯定爱听的话。等着瞧吧，我们很快就能把她拉到我们这边了！”

“啊，什么？可你怎么知道欧德特爱听什么呢？你又不是猫——反正怎么说也不算是真正的猫。”

琪拉扑哧一笑：“天哪，温斯顿！我说的又不是猫爱听的话，而是女人爱听的话，在这方面我可是专家！毕竟我也是个女人嘛，虽然年纪有些小，可是这没有关系。我觉得我知道该怎么办。”

不久之后，我真的拿了一碗我最爱的鸡肝来到了院子里。鸡肝的味道真是太吸引人了，也难怪我还没走到垃圾箱旁边，那三只野猫斯皮克、欧德特和卡拉梅尔就出现在了我面前。

“喵，喵，喵！”我大声叫道。虽然当我还是一只猫的时候，我对这样的叫声一向是不屑理睬的，但现在我实在没有更好的主意。我有些激动，显然，欧德特不知道我就是温斯顿。一想到能跟她对话，我的心就狂跳不已。

我弯下腰，把碗放在地上。接着，我就蹲在那里，看着这三只猫先是小心翼翼地围着碗溜达了一圈，稍微犹豫了一阵，接着就猛扑了上去。

就在他们把碗里的东西吃完跑掉之前，我开始了我的形象维护工作："这是你们的朋友温斯顿给你们的惊喜，他让我向你们问好。"

斯皮克和卡拉梅尔仿佛什么都没听见，继续狼吞虎咽，只有欧德特抬起头，奇怪地打量着我。也许她是在想，我——也就是琪拉是不是彻底疯了。

不过我也管不了那么多了，继续扯下去："温斯顿很记挂你们，他很不错的，很会为别人着想。"

欧德特坐了起来，目光再也没有离开过我。我从她的眼睛里能清楚地读出"彻底疯了"这几个字。

我干脆一不做二不休："说来你们也不信，可是他今天真的试着要把他的碗往楼梯间里推。他喵呜喵呜了一阵，跳到窗台上，指着院子的方向。于是我就明白他要干吗了：他是要我给你们送吃的！"

我从容不迫地点了点头，尽量把语速拖得慢一些，好让我的话显得更有分量一些："没错，温斯顿真的很不错。这一点常常被别人忽视，因为他既聪明又有教养，所以很多人以为他很高傲、很自负。可其实他不是那样的！他其实很好，很好！”

哦，温斯顿，这几句可能有些夸张了，我决定见好就收。于是，我伸出手摸了摸欧德特的脖子和后脑勺。她没有反抗，甚至还主动靠近了一些。

真是太遗憾了，作为一个人，我没法跟她交流。不过我还是感觉得到，她是真的在想温斯顿可能并不是她从前误会的那个自以为是的花花公子。

难道就算猫咪不看电视，在他们那儿做广告也有用吗？真是太神奇了！

19 潜入瓦迪姆家

两天后，汤姆、宝丽、琪拉还有我又重新坐在了汤姆的房间里。也许我的这两个朋友也奇怪我为什么走到哪儿都带着一只猫，不过不管怎样，他们还是没多说什么。我很紧张，手心都有些冒汗，不过这是有理由的：汤姆马上就要给瓦迪姆打电话了。要是瓦迪姆真的去弄到了香烟，那我们的计划就要见效了。汤姆会跟瓦迪姆约明天早上交货——这样我们就可以确定瓦迪姆会把香烟藏在家里。然后我再给瓦迪姆打电话，约他今天下午在阿尔斯特河边见面。我就说，安娜有句话要我带给他，只能当面说。他一出门，我们就溜进他家去找香烟。找到香烟后，我们就把它们跟一张当天的报纸放在一起拍照取证，这样我们就可以证明瓦迪姆仍然在走私东西。“这样一来，我们就可以给瓦迪姆当头一棒了！”——这是宝丽的原话，说得真是太好了！要是他还继续对安娜的事情撒谎，那么我们就拿着照片去警局。当然，我们还是希望当瓦迪姆知道自己中了圈套之后，就乖乖地收回他的谎言。这是一个无懈可击的计划，不是吗？

汤姆把手帕放在听筒上，深吸了一口气，拨通了瓦迪姆的电话。

电话响了一阵后，瓦迪姆接了起来：“喂？”

“喂？我是乔伊。”汤姆的语气听上去还是那么随便。他真是神童啊！我敢打赌，在狡猾程度上，汤姆绝对不比维纳教授喜欢的那个006还是007逊色。

“我弄到货了。”瓦迪姆的声音听上去有些紧张，不过这也可能是因为声音通过话筒传来，难免有些失真。

“我准备好‘煤’了。”这下我可不会像上次那样犯错了：我知道汤姆其实说的是钱，而不是用来烧烤的煤炭。作为一只聪明的猫，我学这些东西是很快的。

“那我们五点见面吧，就在托姆市场门口的停车场，你知道那个地方吗？”瓦迪姆问。

“知道，不过今天我没空。明天五点见吧！”

我屏住了呼吸。但愿瓦迪姆别起疑心才好！

“好吧，那就明天五点，托姆市场。”

“怎么认出你？”

“黑色皮夹克，红色棒球帽。明天见！”

啪嗒！这次汤姆先挂了电话。这是他的计谋——绝不多说——因为言多必失！

“喔！”宝丽长舒了一口气，夸张地擦了擦额头上的汗说，“计划第一部分顺利完成，现在就看琪拉的了。你带手机了吗？”

我点点头。一开始，我们还在想是不是也让我像汤姆一样用固定电话给瓦迪姆打电话，但接着我们就想，是不是还是让他直接看见到底是谁来电比较好。

当我拨瓦迪姆号码的时候，我的手有些发抖。电话只响了一会儿，瓦迪姆就接了电话。

“琪拉？”他有些惊讶，不过我还是能听出，他的声音其实很友好，“怎么了？你妈妈怎么样？”

“挺好的。”我支吾了一句，我可不想跟罪犯多说什么，“听着，瓦迪姆，我今天得见你一面。妈妈有句话让我告诉你，必须当面说。”

“喂，你怎么突然这么神神道道的？出什么事了吗？”

“我得当面跟你说。你有时间吗？”

“有，五点，本来我约了人，正好取消了。”

“那我们在阿尔斯特河旁边的波多斯码头见吧，那儿有家咖啡馆，就在老乌鸦大街那个车站旁边，你肯定找得到的。”

汤姆和宝丽认为，最好把瓦迪姆引得离家远一点儿。从他家去阿尔斯特河得半小时，一来一去就是一个小时，这样我们就有足够的时间在他家里拍照取证了。

“波多斯码头？好，就那样吧！也许我还可以请你吃个冰激凌呢！”瓦迪姆听上去心情很好，显然是想趁机巴结琪拉。

太好了，他什么都没有发现！我谢过了他的好意，挂了电话。突然，我觉得自己真的有些像特工了！

“那儿！那个就是他！”那个个子有些高、看上去一脸凶相的男人一出门，琪拉就激动地把尾巴摇来摇去。我们已经在这座合租房外等了快半个小时了。我们巧妙地藏身在一处灌木丛里，等着瓦迪姆出来开车去阿尔斯特河见琪拉。

“这就是瓦迪姆！”我告诉宝丽和汤姆。

“好的！我们等他走过那个转角就过去！”汤姆看上去很激动。

我不得不承认自己还是有些害怕的，我的手紧紧地拽着裤兜里的钥匙，这是从安娜的钥匙串上偷来的。

当瓦迪姆从我们的视线中完全消失后，我们从藏身之处溜了出来。琪拉在前面跑，我就尽可能装出对这一带很熟的样子。

“喏，这个地方可不算好。”在我们朝着房子走去的路上，宝丽不无讽刺地说。

她说的没错，林间大道上都是一座座漂亮的别墅，而这儿的房子多少都有些破旧。房前的花园无人打理，空罐头和报纸随地可见，四周杂草丛生。房子的墙壁显然被人乱涂乱画过，楼梯看上去也该打扫了。

“在这种地方，我可真住不下去。”

汤姆皱起了眉头：“天哪，宝丽，你这话听上去可跟莱奥尼和她那帮蠢‘山羊’朋友没啥两样了！不是所有人都跟我们那个地方的人那样有钱的。这个地方，也不一定就不好！”

“哈，汤姆，你真不愧是医生的儿子，总是可怜穷人。”宝丽咯咯一笑，“没错，这儿的人肯定都很好，瓦迪姆就是头一个。”

“叫他们俩集中注意力！”琪拉的声音听上去有些紧张，“汉堡富人区和穷人区的差距，我们可以回去再讨论，现在我们得加把劲了！”

说得没错，加油！

我开始催促我的朋友：“快把该干的事情干完吧，别忘了我们是来做什么的。”我打开了楼底的大门。喵呜！这个钥匙没错。太好了！

“三楼右手边那间！”琪拉指挥道。

我撒腿就跑，汤姆和宝丽紧跟在我身后。到了门前，我深吸一口气，成败就在此一举了！我把钥匙小心地插进了锁

眼里。

咔嚓，咔嚓！门开了，我们来到了一个小居室狭窄的过道上。至少跟维纳教授家比起来，这儿只能算一间小房子。这儿的天花板要低许多，地上的灰地毯已经有些泛黄了。我们正对面的那个房间还没有我们家厨房的储藏间大，沿着通道过去还有两个房间，其他的就没有了。这儿之前真的可以住安娜、琪拉和瓦迪姆三个人吗？也许欧德特说得对，我被宠坏了。

琪拉马上跑进了我们面前的一个小房间："我们从卧室开始找，要一个抽屉一个抽屉地仔细翻。要是瓦迪姆把香烟藏在家里的话，肯定要有地方放的。"

我跟着她进了屋，打开了琪拉面前那个柜子的门。

"好，我们就从这里开始找吧！"我冲着汤姆和宝丽喊了一句，就埋头在柜子里找了起来。第一眼看上去没有，第二眼看上去也没有，该死！

"嗯，我觉得这儿没有，我们得上别的地方找找。"

"明白！开工！"汤姆似乎一点儿也不泄气，反而越战越勇。他跟宝丽一起小心翼翼地打开了房间里其他柜子的门，可是这儿也没有香烟。

"来，我们现在一个房间一个房间找过去。"宝丽建议说，“不过你还有没有其他怀疑目标？比如哪个可能藏东西的地方或者方向？”

“啊……这个……”我试着拖延时间，朝着猫的方向望去。琪拉，你还有什么主意吗？

是的，有！

“嗯，我还真有个主意。瓦迪姆前不久刚换了厨房的地板，当时我还帮过他来着。地板下面有木头做的栅栏，那里也许还真能藏点儿东西。当时我们还开玩笑说，要是我们有首饰或者钱的话，或许可以藏在这儿呢！要不上那儿看看？”

“嗯，要不我们上厨房的地板那儿看看吧！”我建议说，“那是新换的，也许我们可以把地板凿开。那下面是可以放香烟的。”

我们跑进厨房，汤姆开始在每一块地板上轻轻敲打了起来。第三块还是第四块真的可以活动，他把它凿开了。神圣的油浸沙丁鱼啊！真的是香烟！而且有那么多，我一时半会儿都数不过来！

“太好了！”宝丽欢呼道，“我们找到了！”

汤姆又凿开了一块地板，还是同一副场景：又是那么多香烟。所有香烟的正面都有一只山羊的图案。这就是我们要找的货，没错！

“快，拿相机和报纸！”汤姆冲我喊道。我赶紧跑到过道上，伸手去拿装着我们设备的包。就在这时，房门突然开了。不，不会……该不会是……瓦迪姆吧！

我吃了一惊，整个人都僵在了那儿。善良的猫上帝啊！求你了，但愿这一切都只是我看错了吧！

20 猫能送信吗？

然而，遗憾的是我没有看错。瓦迪姆真的站在了我面前。而且确切地说，他不只站在那儿，而且朝我走近了一步，勃然大怒地抓住了我的手臂。

“这算什么？”他冲我喊道，“你不是说在波多斯码头等我吗？我忘了带钱，才回来的，我还想请你吃冰激凌呢！你在这儿做什么？”瓦迪姆的脖子上已经青筋毕现，这让他的样子看上去更狰狞恐怖。

“我……嗯……”这下我可真是哑巴吃黄连——有苦说不出。我的脑海里一片空白，根本不知道该怎么解释我为什么会出现在这里。当然，我只有说实话才能解释，不过这可是

打死我也不会说的。

而且也没机会说了，因为就在这时，汤姆正好从厨房里出来，差点儿跟瓦迪姆撞了个满怀。

“哦，混账！”

瓦迪姆在我和汤姆之间来回看了几眼，突然从我们身旁冲进了厨房，站在了地板上的那个洞前。他弯下腰，从里面拿起一支香烟。还有没有那么一点点可能，他没有很快明白过来到底发生了什么？

“啊，我真是把情况想得太好了！让我猜猜，这个乳臭未干的小子就是乔伊，对吧？现在你们想去报警，对吧？琪拉啊琪拉，我可真没想到你竟然敢做这样的事情！”

该死，瓦迪姆显然并不蠢，他很快就看穿了我们的计划。

他的脸上闪过一丝奸笑：“警察们会得到消息的，我向你发誓。不过可不是你们想象的那样！”

他抓住我的胳膊，把我拖进了卧室。我不知所措地站在那里，看着他也依样画葫芦地把汤姆和宝丽也拖进了卧室。接着，他又使劲朝琪拉踹了一脚，琪拉大叫一声，朝我们跑了过来。这时，他正好关上了门，把门从外面锁了。现在，我们全都掉进陷阱里了！

“听我说，亲爱的各位！”瓦迪姆在门外咆哮道，“我现在就给安娜打电话，跟她好好讲讲你们带给我的惊喜。然后我会清楚地告诉她，她最好马上乖乖地去警察那儿自首，承认我的说法，而且她还得再加上点儿内容，说我跟整个走私都没关系，一切都是她一个人干的。”

“她绝不会这么做的！”汤姆气急败坏地回敬说。

瓦迪姆一阵奸笑：“知道吗？我觉得她会乖乖照办的。要不她那个勇敢的女儿，可就不会像以前那样漂亮了。”

哦，不要，这简直是灾难！本来事情已经够糟了，现在

就更糟糕了！

我鼓起全身的勇气，想要劝瓦迪姆打消这个念头：“你要是跟妈妈这么说，她肯定不会回你身边了。那才是你想要的，对吧？”

“琪拉，此一时彼一时。现在我只希望你妈妈把所有的事情都揽在她身上。这至少能给我免去一年的牢狱之灾。有这工夫，我完全可以去认识另一个好女人了！”他大声狂笑，接着说，“啊，你们也别继续犯傻了，把你们的手机都放到门边，我数到三，然后我再开门。要是到时候我没看到手机的话，那么我就把这只猫从窗户里扔下去，好让你们明白我是认真的！”

我们面面相觑。这家伙真是疯了。我们赶紧把手机从口袋里掏了出来。

“还有钥匙！快，快！”

我赶紧又把钥匙放在了门边。瓦迪姆收走了所有东西，又把门砰地一关，从外面反锁了起来。我们听见走廊上他的脚步声越来越远，还有关上大门的声音。这下他真的走了，把我们给锁在了这里。

有那么一会儿，我们谁都没有说话。

终于，汤姆清了清嗓子：“该死，该死，该死！我们这下

可真的弄砸了。现在该怎么办？”

我耸了耸肩。

“不知道。”我现在就想大哭一场，我在脑海里补充说。

“你说说，”宝丽问道，“你觉得你妈妈真的会任由瓦迪姆勒索吗？”

“恐怕会的。哪个妈妈知道自己的孩子落在了别人的手里，不会乖乖就范呢？”

“喂，温斯顿，别放弃！”琪拉试着给我鼓劲，“我们肯定会想到办法的。我们无论如何也不能让我妈妈去找警察。”

“对，可是该怎么办呢？”我大声说。汤姆和宝丽惊奇地看着我。

“你是在跟我们说话吗？”宝丽问。

“啊，我就是想着想着就脱口而出了。我在想，我们该怎么阻止我妈妈去找警察。”

“显然，我们必须尽快离开这里！”宝丽说。

“没错，可是我们该怎么出去呢？要不我们踹门试试？”我建议说。汤姆点了点头，铆足了全身的力气，朝房门撞去。房门发出了一阵巨大的声音，但依然纹丝不动。

“哎哟！”汤姆揉了揉肩，“这扇门很牢，我觉得我们撞不开。要不试试窗子？也许我们可以爬出去。”

我们打开窗子，朝外面看了看。

“哎呀，挺高的，三楼呢！要是我们能爬到隔壁那户人家的阳台上的话，也许还可以顺着管子溜下去，不过这可不容易。一不小心，就摔成肉酱了。”宝丽干巴巴地说。

“我知道了！”琪拉突然跳上了窗台，向外张望了一眼，“我可以从这儿爬出去，很容易就能跳到佩特科维克家的阳台上，然后我一个阳台一个阳台往下跳就行了。”

“嗯，好主意！”这一次，我尽量小声些，好不把汤姆和宝丽弄糊涂，“你怎么去叫人帮忙呢？你又不会说话，难道你忘了吗？”

“当然没忘。可是你们可以让我带个信啊，比如，你们可以在我的脖子上系上一张纸条，然后我马上带着它跑到维纳教授那儿去。”

“维纳教授？不是什么都不能让他知道吗？”

“没错，可是现在这儿的情况实在太糟糕了，我们需要一个脑子灵活的大人。”

“好吧，这个主意也许不赖。我跟汤姆和宝丽说说。”我转过身，朝向了他们两个。

“我有主意了！我们可以在温斯顿的脖子上绑一张纸条，让她从窗户里跳出去。她能跳到地面上，对于一只猫来说，这不是什么问题。等她下去之后，她就会去找人帮忙，我们就能得救了！”

宝丽和汤姆将信将疑地看着我：“可我们怎么知道温斯顿能找来帮手，而那个人还能把我们救出来呢？”

“温斯顿很聪明的，我会先告诉她要做什么。你们看着吧，她可以的！”

汤姆歪着脑袋想了想：“好吧，反正不行我们也没什么损失，最多是这只猫跑掉了。现在我们需要一张纸条、一支笔和一根绳子。”

我们在小房间里找了一圈，可是这儿并没有太多可用的东西。在一个柜子里，我们找到了一个旧信封，可笔还是没有找到。

“等等，我这儿有一支粉笔。”宝丽从裤兜里掏出了一段粉笔，“虽然写不太清楚，但总比没有好吧！”

“好的，我就把我的鞋带捐出来当绳子吧。”说着，汤姆马上开始脱鞋。

宝丽把粉笔递给了我。我想了一会儿，开始写道：

亲爱的维纳教授：

我被瓦迪姆绑架了。他把我关在塞特曼大街12号三楼右手边的房子里，想借此要挟妈妈。请帮帮我！

琪拉

汤姆在我的肩膀上拍了一把："亲爱的维纳教授？你怎么知道温斯顿会找一个叫维纳的人帮忙？"

"维纳是雇我妈妈干活的那个教授。我们现在跟他一起住在林间大道，温斯顿就是他的猫。"

"啊，不过从这儿到林间大道可够远的啊，温斯顿恐怕跑不到那儿，就算到了也来不及了。"

"坐上地铁只要二十到三十分钟啊！"

宝丽和汤姆开始大笑："坐地铁？你以为猫会坐地铁吗？温斯顿也许挺聪明的，可还没到那种程度吧！"

"你们就笑吧！"我有些恼火地说，"我知道温斯顿可以的。猫咪什么都可以做。"

"别激动。"琪拉安慰我说，"他们不相信也很正常，不过我可以办到的。"

"但愿吧，我希望你能办到。中途记得告诉我一声，好让

我知道一切都正常。”

“我会的。现在得快点儿，我们没时间了。要是我妈妈去了警察那儿就晚了！”

我拿过信封，把鞋带从事先钻好的洞中穿了过去，然后把它系在了琪拉的脖子上。我把她抱起来，打开窗，把她小心地放在了窗台上。琪拉稍作停顿，就一个箭步冲了出去，落在了隔壁家的阳台上。很快，她就一路溜了下去，落到了地面上。哇，她做到了！

“要是你的猫能完成这一切，那我就吃一柄扫帚下去。”看来汤姆仍然不太相信。说实话，其实我也不太肯定。我们策划的这一切都算什么啊！

21 维纳教授来了

“拜托，琪拉，给个信儿！”在过去的一个小时里，我不知道在脑海里这么想了多少遍，可是一直没有得到回应，一点儿回应都没有。但愿她一切都好。也许汤姆说得对，猫是不会坐地铁的。也许她一上车，就被人逮住，送到动物收容站去了。“哎哟，琪拉，快给个信儿！”

“你还好吗？”宝丽摸了摸我的手，我抬起头望着她。

“怎么了？有什么不好的啊！我现在跟我的朋友一起，被关在我妈妈前男友的房子里，没人能帮我们，说不定那家伙马上就会回来把我们打一顿。简直不能再好了！”我放声哭了出来，哭的感觉很好，至少让我感到压力得到了释放。

汤姆坐在了我身边的地板上，把一只手搭在我的肩膀上：“嗨，琪拉，振作一些！我们会成功的！你的猫咪肯定已经找人来帮忙了。你看着吧，一切都会好的。”

咔嚓，咔嚓！钥匙开门的声音。这可不是什么好事，因为现在只有瓦迪姆才有房门的钥匙。

不久之后，他就站在了我们这间卧室的门口，把门开了一个小缝：“我找不到你妈妈，看来你们还得在这儿多待上一会儿了。”

就在这时，门铃响了。

“什么？”瓦迪姆咆哮道，“有人来了？”

他把门重新关上锁好说：“不许出声！听见了没？”

我的心跳开始加速。来的人会是维纳教授吗？我们会从这个疯子手中被救出来吗？汤姆和宝丽交换了一下眼神。

“好吧，”宝丽小声说，“走着瞧吧。我快要失去耐心了！”

“谁？”我们听见瓦迪姆在过道上喊。

“我姓哈格多恩。”这个声音非常熟悉，“我可以进来说几句吗？”

维纳教授！他终于来了！终于！

“不行，我不方便。另外，我也不认识你。”

“就一小会儿，我有个挺重要的问题要问你。”

“滚开！”

不，求你了，亲爱的维纳教授，千万别被他支走。你一定要帮我们，一定！

“这么说这外面的钱不是你的啰？”

“什么钱？”

“门口的钱啊，大概有两千欧元吧！那我就把它收起来交给警察了啊！”

不久，我们听见了开门的声音，接着是一阵混乱，只听砰的一声，门又被重新关上了。外头传来一阵敲门声。

“喂，让我进去！”这是瓦迪姆的声音，他听上去真的很生气。不过他的声音听上去好像不是在房间的过道里，而是在整幢房子的走廊里。到底发生了什么？

“琪拉，你在哪儿？”是维纳教授的声音。显然，他进来了。太棒了！我的心都快跳出来了。

“这儿！我们在这儿！”我喊道，“瓦迪姆把我们关起来了，一直往前走就是！”

汤姆和宝丽开始使劲敲门。接着是一阵钥匙开门的声音。然后，门开了，维纳教授出现在了我们的面前。我一把抱住了他的脖子。

“谢谢，谢谢，谢谢！”我的声音里已经带着哭腔了。伟大的猫上帝啊！我一变成人，就是个爱哭鬼！

维纳教授轻轻抱了抱我，马上把我松开了。

“天哪，琪拉，你这是在做什么？这两位是你的朋友吗？”他指了指汤姆和宝丽。

“对，他们是我最好的朋友汤姆和宝丽！他们帮我一起给瓦迪姆设下了陷阱，可惜没有成功。”

汤姆和宝丽冲维纳教授眨了眨眼，维纳教授也微微点了点头致意。

“什么陷阱？你们为什么要这么做？你们又是怎么让温斯顿来给我送信的？不过，你们可以回头再向我解释。我们现在得先收拾外头那个人。”他指着正被瓦迪姆砸得砰砰直响的房门，“虽然我谎称外头有钱把他骗出去关在了外面，可我们总得从房间里出去吧！我觉得他是不会跟我们握手并且欢送我们出门的。所以我最好现在就报警。”

维纳教授拿出手机，拨了号码：“喂？我姓哈格多恩，我这儿出了一个紧急状况……”

接下来，一切都发生得很快。维纳教授打完电话还没到十分钟，四个警察就冲到了门前，打了瓦迪姆一个措手不及。第五个警察进了房门，听我们讲完了整件事情的经过，也看了我们向他展示的藏香烟的地方。然后，我们一起坐车去了警察局。我们在那儿坐了一会儿，轮流做了笔录。

维纳教授陪着我们，边听边摇头，嘴里嘟哝着听上去像是“你们真是太轻率了！”之类的话，但也没有多说什么。

“孩子们，孩子们，你们这回可没少惹麻烦！”在给我们做完笔录后，那个女警察微笑着说，“下次你们要是觉得自己发现了罪犯的踪迹，请马上给警察打电话。

像今天这样，后果完全可能不堪设想啊！”

“你说得对。”我承认说，“可是我们必须证实瓦迪姆撒了谎，你们才会相信妈妈的话啊！”

现在轮到女警察笑了。

“我必须承认你们做到了。现在，我们可以把这个瓦迪姆送进监狱了。”女警察肯定地说，“你们可以放心回家了，好好休息一下。”

她又冲着维纳教授说：“孩子们看上去累了。”没错，我真的累坏了。

另外，我还很担心，因为自从我把琪拉放出了窗外，还没有听到过她的消息。显然，她安全到达了维纳教授那儿，可为什么她不给我来个信儿呢？

22 重返“雷劈工地”

“你在这儿！我还到处找你来着——在我想你的时候，你为什么没有反应？我可担心你了！”

我在安娜的房间里发现了琪拉。她蜷缩在床上，一动也不动。我走到床边坐下，摸了摸她的身子，她终于抬起头望着我。

“我不想再做一只猫了，我想做回我自己。我想让妈妈来安慰我。她刚才那么亲切地跟你打招呼，还拥抱你，这让我有些嫉妒了。”

“所以你现在就这么躺在床上？”

“我躺在妈妈的枕头上，这儿全都是她的味道。”琪拉叹了口气说，“啊，温斯顿！我觉得我现在特别想念从前的那个自己。”

“想念是什么感觉？”我问琪拉。

“不好说，有点儿像那种又累又饿的感觉。反正就是有点儿难过，胸闷气短的感觉。我都快没法深呼吸了。”

我不得不承认，我也跟琪拉一样，不想一辈子藏在不属于我的身体里面，所以我很能理解她的感受。我也想回我自己的沙发上躺着，让维纳教授来抚摸我。而且我还想去院子里见欧德特，当然，是作为一只猫，而不是一个人。

一想到欧德特，我好像也突然有了那种又累又饿、胸闷气短的感觉，而且心跳也有些加速了。难道这就是想念吗？

“好吧，可是我们怎么才能换回来呢？”我想，“我担心如果我们不弄清楚一切到底是怎么发生的，那么我们变回来的概率就不大。”

“之前我们就想到过这一点。”琪拉同意说，“所以我们必须找出真正的原因。反正我是不想这样下去了！”

我叹了口气，她说的没错，我们必须找出真实原因。

“那我们该怎么做？”

“很简单，我们一起回到所有这些倒霉事发生的地方。也许我们会发现什么特别的东西。”

“好吧。”我边说边打着哈欠，“不过在睡一觉之前，就是十四马来拉我我也不出门了。”

“好吧，那就明天早上！这个时间挺合适，周六学校不上课，你可以借口买面包出去！”

“我会的。”我嘟哝着答应说。神圣的油浸沙丁鱼啊，琪拉可真够不依不饶的。

第二天，我们真的回到了当初被雷劈中的那个建筑工地。我们当初躲雨的房子还是老样子，除了地上多长了一些杂草，并没有发生太多的改变，甚至连那卷电缆都还在老位置。反正没有什么惊人之处！

“好吧，让我们来回顾一下：我们坐在这个缆盘上，各自心里都想着能变成另一个人。接着，闪电劈中了我们，我们没有死，却都进入了对方的身体。”琪拉歪着脑袋说。当一只猫做出这样一副表情，就显得格外深沉。

我点了点头。

“是的，要是你说的缆盘就是这卷电缆的话。”

“我们得把一切都仔细看一遍，我感觉问题的答案也许就在这里！”琪拉一阵小跑，嗖的一下跳到了电缆上面。

“你看，这上面的木头盖子都被烧焦了，可见闪电真的是直接击中了缆盘。”

“有可能，可这又有什么关系呢？”我有些不解地问，“闪电击中一棵树还是击中一个缆盘，这又有什么区别？反正两个都是木头做的。”

“还是不完全一样的。”琪拉肯定地说，“缆盘上缠着电缆，树上面就没有电缆。”

我耸了耸肩。

“那又怎么样？有什么区别？”我重复道。

“我也不知道，我就是这么一想。也许我就是想抓住一根救命稻草。”

“什么稻草？”

“哎呀，温斯顿，这是人们在希望不大的时候说的话。”琪拉解释说，“希望不大，所以才要抓住救命稻草，也就是说，这是我们最后的希望。”

“嗯。”我绕着缆盘转了一圈，打量着它。上面的盖子的确已经被烧成了黑乎乎的一片，中间甚至已经产生了裂纹。这肯定是闪电劈中的地方。闪电没有直接击中我们，已经算是我们走了大运了。要不琪拉现在就不可能以一只猫的身份活蹦乱跳，而早就成了一只死老鼠了。我也好不到哪儿去！

“肯定跟闪电有关，还有这个地方。肯定存在一种符合逻辑的解释，这样的事情不会无缘无故地发生的！”琪拉的声音听上去已经有些绝望。

“说实话，我刚刚还不敢相信这是真的！”

我们坐在缆盘旁边的地上。有那么一会儿，我们谁都没有说话或者思考。

终于，琪拉又站了起来：“来，温斯顿，我们必须请教很懂闪电的人。我们需要一个专家，而且我也知道该找谁了。”

“真的吗？你认识研究闪电的专家？”

“对，而且你也认识啊！”

我有些吃惊地看着她：“我认识研究闪电的专家？”

“对，就是维纳教授。”

“维纳教授是研究闪电的专家？”

“哎呀，闪电的本质就是电流嘛！电学是物理学的一个重要分支，而维纳教授不是物理学教授吗？要说有人能帮我们的话，也只有维纳教授了。”

“太好了！所以我们现在就去找维纳教授，给他快速讲讲我们互换身体的故事。然后我们再问他是不是有办法解释闪电在其中起了什么作用。太棒了！为什么我之前没想到呢？”琪拉肯定是疯了。我很了解我的维纳教授，他不是一个相信奇迹的人，要是我给他讲这么一个故事的话，他肯定会带我去看医生的，而且看的不是儿科医生，而是精神科医生。

“拜托，温斯顿！不要那么消极好不好！我们当然不会那么直接地问他啦！我们要绕着弯子说。”

“好吧，怎么说？”

“首先，我们得把他引到这儿来。最好我们这样，你就说今天天气不错，然后问问你们是不是要出去散个步，来庆祝一下这样的好天气。吃完早饭后，正好需要呼吸一些新鲜空气。你看着吧：如果小孩子说要去散步，大人们通常是不会说不的。”

“你确定吗？”

“很确定。大人们总是希望孩子们多呼吸一点儿新鲜空气。然后我就在前面跑，给你们带路。等到了这座房子跟前，你就说你们刚在物理课上学了雷和电。你在想，要是闪电击中了这个缆盘，会不会发生什么特别的事情。你就说你觉得这个问题很有趣。”

我想了一会儿：“好吧，这样可以。维纳教授很喜欢给别人解释问题。”

“你看，我就说可以的吧，大人们就是这样的。他们老是希望让别人去学些什么，不过我们正好可以利用这一点。你看着吧：我们会成功的。”

但愿琪拉说得对。

琪拉说的的确没错。我还没把“散步”这个充满魔力的词说完整，安娜和维纳教授已经迫不及待地点头同意了。

“这个主意不错。”维纳教授表扬我说，“昨天经历了这么一场惊心动魄的闹剧，今天我们可得让心灵放松一下。出去散个步再好不过了。”

我们才刚吃完早饭，把盘子从餐厅拿到了厨房，安娜和维纳教授就忙不迭地披上了外衣。看来我想的没错。我赶紧穿上我的厚外套，抱起了琪拉。

“温斯顿也跟我们一起吗？”安娜问我。

“当然了！要不是她，我们现在说不定还困在瓦迪姆家呢！幸好昨天我们去找瓦迪姆的时候，她也跟来了。我觉得，我们可真得带温斯顿出去好好转转。”

维纳教授点点头：“的确，一只猫能完成这么多事，真是难得一见。我之前都以为像温斯顿这样的家猫，一出门肯定会在城市里迷失方向。事实证明我错了。来，小胖墩，跟我们一起走吧！”

什么，小胖墩？真是太坏了！“我”很瘦的好不好！尤其是琪拉待在了我的身体里之后，“我”就更瘦了。反正作为一只猫，她的身材看上去不错。

一下楼，琪拉就挣脱了我的怀抱，朝着建筑工地的方向跑去。我们跟在她后面，安娜和维纳教授热切地交谈着。这也不奇怪，自从走私香烟的事情真相大白之后，他们俩的确有好些事情要说。不过维纳教授知道了真相，对安娜来说，显然是一种解脱。她经常笑，维纳教授的心情也不错。他们俩能够相互理解，的确是一件好事。也许就算安娜不用再担心瓦迪姆的骚扰，她也仍然会带着琪拉在我们家这样住下了。反正这是我很乐意见到的。

没过多久，我们就到了目的地。现在，我得把维纳教授引得离建筑工地再近一些，打断他跟安娜的谈话，然后再问他问题。

琪拉已经跳上了那个缆盘，正在不耐烦地来回晃动着尾巴："温斯顿，快点儿！别让他们俩从建筑工地旁边走过去。"

"稍等一小会儿。我得想想该怎么张口。"

"我建议你就直接问：要是我坐的地方被雷劈中了，会发生什么事情？"

在与人沟通交流这方面，琪拉肯定比我更有经验。那就开始吧！

"嗯，维纳教授……"接下来该怎么说来着？

“怎么了，琪拉？”

“你是物理学家。你能跟我说说，要是现在有一道闪电劈在温斯顿坐的地方，会发生什么特别的事情吗？”

天哪，这个问题真是太突兀了！维纳教授惊奇地看着我。

“你是怎么想到这个的呢？”

“我……嗯……我们刚在学校学了雷和……嗯……”该死，我怎么结巴了！维纳教授肯定要怀疑，我是不是真的像安娜所说的那样是一个聪明的孩子。快，温斯顿！赶紧想想！赶紧把这句话说完。

“嗯，就像我刚才说的，我们在学校学了闪电，每个人都要说三个闪电可能劈中的地方，而且还要说说被闪电击中后会发生什么。”哎，勉强就这么说吧！

维纳教授笑了。

“要是闪电击中那儿的话，那可怜的温斯顿肯定已经被烤焦了。”

好吧，这个答案不算太有用。

我继续给维纳教授放钩子：“那闪电劈在树上跟劈在缆盘上就没有区别吗？”

“哈，你还想刨根问底了。好，那我们就到缆盘边上仔细瞧瞧。”说着，他走进了我们躲雨的地方，仔细打量着缆盘，

“哈，你找的这个东西还真不赖，很有意思。我要是没看错的话，这是一卷铜导线。”

“啊，什么？”虽然我嘴里应了一声，但我其实什么都不知道。维纳教授肯定以为，琪拉的反应也没有那么灵光。

“它的特殊之处就在于，它跟普通电线不一样，外面包了

一圈绝缘塑料，而是直接裸露在外头，所以我们称它为‘铜导线’。要是闪电击中了铜导线，会发生什么呢？”

我耸了耸肩：“不知道。”

维纳教授微微一笑：“在被闪电击中的一瞬间，这儿会产生一个很强的电磁场。就是说当闪电通过导线的时候，导线就变成一块磁铁。在这个例子中也是这样：当闪电的电流通过铜导线的时候，铜导线周围就出现了一个磁场。如果可怜的温斯顿身上有什么有磁性的物质，那就会被那股强烈的电磁力吸引过去。”

我瞪大了眼睛看着维纳教授。就是这样的！磁铁！有没有可能是这样的，我跟琪拉被一股强大的磁力从我们的身体里吸了出来？难道我们的“自我”都是带着某种磁性的吗？然后在磁力消失的时候，我们进错了身体？这到底是我们讨厌的愿望在作祟，还是别的什么东西？是不是意味着，只要有磁场的作用，我们就有可能变回去？如果是这样的话，我们又该怎么尽快弄出这么强的磁场呢？我的问题一个接着一个。但愿我能慢慢找到合适的答案吧！

23 真正的朋友

这是我头一次在做了一个女孩之后，很高兴地盼着周一的到来，好到学校去上学。因为整个周末，我跟琪拉几乎想破了脑袋，一直在思考上哪儿找一个强磁场，好去实践我们的身体交换理论。再回到那个工地的房子坐着，等着闪电再劈中铜导线——在我们看来似乎不太可能成功。但我们也实在想不到更好的办法，所以我想我是不是可以向宝丽和汤姆讲讲我的问题。当然，我不会直接告诉他们我是一只猫的。

不过就在我有机会检验我朋友们的物理学知识之前，普雷托里斯先生首先抛出了一个令人大吃一惊的理论："周末的时候，我一直在想怎么能让你们班级变得更团结一些。我觉得我想到办法了——让你们把桌子拼在一起坐。现在我们这么做：每个人拿出一张纸条，先写上两个他最愿意同桌的人的名字，接着再写上两个他最不愿意同桌的人的名字。然后我把纸条收上来，咱们休息一刻钟，之后我会安排新的座位。"

班上一阵长吁短叹。显然，大家对此没有太多的兴趣。我可不想跟他们一样，于是我从挎包里拿出一张纸，在上面写上了"最喜欢：汤姆和宝丽；最讨厌：莱奥尼和艾米丽"几个字，把纸条折了一折。普雷托里斯先生在教室里转了一圈，把所有的纸条都收了上去。

回到讲台上之后，他拍了拍手："好的，现在休息 15 分钟。你们别太吵，其他班还要上课呢！"

我站了起来，走到宝丽的桌子旁。

"嗨！周末过得怎么样？"我问她。

"还好，我爸妈听说了瓦迪姆的事情当然很激动。当他们到警察局接我时，简直被吓坏了。不过现在他们好多了。"

"我这边情况也是一样。"汤姆不知什么时候站到了我身边，"不过幸好他们也平静下来了。你妈妈怎么样？"

"哦，挺好的。瓦迪姆的犯罪被证实，她还是很开心的。不过我们先说点儿别的：你们谁对物理有了解吗？"

宝丽耸了耸肩，汤姆吃惊地望着我："物理？怎么了？你要帮忙吗？”

我摇摇头：“不用，不过我想找一个强磁铁，我是说真的很强很强的那种。我现在不知道在哪儿能找到。”

“你想干吗？”宝丽好奇地问。

“我需要用它来做一个实验。”

“我妈妈的办公室里有磁铁，很强的那种。它们看上去像短铅笔，不过可以把一大摞纸固定在有吸力的墙上。”

嗯，看来如果我不说实话，是很难让宝丽和汤姆明白我要什么的。

“我觉得我需要的磁铁还要大得多，必须有很强的磁性。”

汤姆皱了皱眉头：“你是说你需要一个磁场？”

对！磁场！维纳教授也说过这个。

我激动地点了点头：“没错，我需要一块能产生很大磁场的磁铁。”

“要多大？一本书那么大够吗？”

“不够，得差不多一米五高，一米宽。”

汤姆睁大了眼睛：“什么？那可太大了！”

我耸了耸肩。

“汤姆，琪拉，回到位置上坐好！”看来普雷托里斯先生已经排好座位了，“我把座位分成了五排桌子，现在我依次念桌号和坐在同一张桌子上的五到六名同学的名字，念到名字的同学请站到一排，一会儿我们再挪桌子。第一桌：卢娜、本、儒纳、斯米拉和马茨。第二桌：维克多、内勒、芬恩、托本、玛丽和尼尔斯。第三桌：琪拉、汤姆、宝丽、莱奥尼和艾米丽。第四桌……"

哦，不！这算什么？有汤姆和宝丽坐同桌当然很好，可为什么还要把那两只大"山羊"弄到我们这桌来？我可是写得一清二楚，打死我也不要跟这两个人坐同桌啊！

"孩子们，别吵了，赶紧分队站好，然后把你们的桌子推到一块儿。两张桌子面对面摆好，然后旁边再摆上一张。快，快，稍微有效率点儿！"

我站起来，垂头丧气地走到宝丽旁边："天哪，这怎么行！我可不想跟那两个讨厌的人一块儿坐。我可以去哪儿抗议吗？"

宝丽微微一笑："没用的，老师的话就是圣旨。嗯，不会那么糟糕的。"她站起来，把自己的桌子推到了我桌子的旁边。汤姆也推着桌子过来，把它跟我们的桌子凑到了一块儿。接着，一个同学又帮他把另一张桌子推到了边上。我们这一圈桌子就这样围好了。

莱奥尼朝我们走了过来，一把将她书包扔在了我的腿边。

“啊，我爸妈要是知道我跟一个小罪犯坐在一块儿，肯定要担心了。但愿我平安无事。”她有些嘲讽地瞥了我一眼。

“你说什么？”宝丽问。哦，不！现在，莱奥尼肯定要把我偷 T 恤的事情拿出来大说特说了！

“啊，你们还不知道你们的新朋友有个多好的癖好吗？她难道没跟你们说过我们去莫里茨商店里晃悠的事情？”莱奥尼一口气说出了这几句话，艾米丽在她边上蠢蠢地傻笑着。

“我……嗯……”我结巴着想为自己辩护几句，可莱奥尼根本不给我机会。

“她在那儿偷东西，还被抓住了。真是太遗憾了，这家伙，她当时把 T 恤塞进包里的时候，我还没看见。”

汤姆和宝丽先是吃惊地望着我，然后转过头去，看着莱奥尼。

“啊，你们没想到？我认为让你们知道这个比较好。至少你们也该知道自己是在跟什么样的人交朋友，对吧？”

老天爷啊，我真巴不得在地里挖个洞钻进去，或者要是我手头有个油浸沙丁鱼罐头的话，我就钻到那里面去。我感到气血上涌，我的脸肯定已经涨得通红了。

“莱奥尼！”汤姆还没开口，我就已经开始担心他要说的话了，“我不知道你葫芦里卖的什么药，琪拉当然跟我们说过了，我们毕竟是好朋友嘛！”

什么？我简直不敢相信我的耳朵。莱奥尼看上去似乎也有些吃惊，表现得相当失望。汤姆还打了个哈欠，好像我偷T恤的事情是他听到过的最无聊的故事。

现在，宝丽也插话了：“汤姆说得没错，琪拉当时就跟我们说过了，我们一点儿都不奇怪。毕竟她是跟你们一块儿去的嘛，发生这样的事情也很正常，说不定这就是你们的主意呢，我知道你们做得出这样的事情。”

莱奥尼张开嘴，好像是要回应几句，不过终于还是一言不发地闭上了嘴。她这副无话可说的样子，可真的是难得一见呢！

课间休息的时候，莱奥尼和艾米丽不在，我们三个终于可以聚在一起了。这绝对是个好机会，我要跟宝丽和汤姆说说我偷T恤的事情——毕竟这的确不是什么光彩的事情！

“啊，刚才的事情，我得跟你们解释一下。我不是一直偷东西，相反，是……”

我还没来得及多说，汤姆已经握住了我的手，认真地望着我：“琪拉，你不必解释，每个人都有把事情搞砸的时候。我，你，当然还有宝丽，都是一样的。但在朋友之间，有一样东西很重要，那就是相互间的信任。搞砸了什么事情，或者有什么不快，都可以告诉对方，懂吗？这在朋友之间可能真的很重要！”

我缓缓地点点头。虽然我作为一只猫，还从来没有交友的经历，但这番话还是很好理解的。如果相互之间藏着秘密，那的确很难成为亲密的朋友。可惜我不能马上把我所有的秘密都摆到台面上。我叹了口气。

“你还有什么要告诉我们的吗？”聪明的宝丽一下就发现了我还有心事。但我总不可能告诉他们其实我是温斯顿吧！我摇了摇头，嘟哝了几句，像是在说“没有，没有”。

汤姆打量着我：“琪拉，你肯定还藏着什么心事！怎么了？说说嘛！”

喵呜！这简直要我的命啊！我该说什么呢？我勉强鼓起勇气，准备告诉他们事情的真相。

“我还真有心事，不过这件事情很离奇，你们得保证不把我当成疯子才好。”

汤姆和宝丽同时伸出手，在空中做了个滑稽的手势。

接着，他们用庄重的语气齐声说："对天发誓！"

好的，那就说吧！

"嗯，要是我告诉你们其实我根本不是我自己，而是别人，你们会怎么看？"

他们俩看上去有些不知所措。

汤姆清了清嗓子："你是说，你其实根本不是琪拉·科瓦伦克？"

"嗯，哎，我是说不是。不过，从某种程度上来说既是，也不是。"老天爷啊，这可太乱了！这我可怎么都说不清了。

我又重新试了一次："我是说，从外表上看，我是琪拉·科瓦伦克。可是内心里，我不是一个女孩，而是……"

"一个男孩？"宝丽问，"这样的例子我读到过。有些男人内心里其实是个女人，反过来也是一样。他们管这个叫……嗯，等等，他们管这个叫……嗯……变……嗯……我刚才……"

我摇了摇头："不，我不是这个意思，我不是男孩。"

我深吸了一口气，终于把真相说了出来："我是一只猫。"

24 变身计划

“你是温斯顿？琪拉的猫？”

“我是温斯顿，不过是维纳教授的猫。”

“好吧，那就是维纳教授的猫，反正你就是你……嗯，不对……是琪拉带着四处晃的那只黑猫？一只真正的猫？这一切都是真的？”

汤姆有些手足无措了。可谁又能怪他呢？至少他跟宝丽现在已经在认真考虑我说的是不是真的。不过显然他们还需要更多的时间。一开始，他们俩觉得我讲了一个很好笑的故事，两个人都乐翻了。接着，他们俩又开始逼问我到底在搞什么鬼。当我坚持我的说法不松口时，他们俩甚至有些生气了。不过最后，他们俩也不得不承认琪拉的猫的确也让他们俩感到惊奇：这只猫竟然会自己坐地铁！

“对，我真的是一只猫，千真万确。准确地说，我是英国短毛猫，品种很高贵，我的名字也由此而来。我是传统的英国贵族，就是现在有些落魄了。现在我成了琪拉。过程我已经跟你们讲过了。”

宝丽睁大了眼睛看着我，好像我脖子上长了两个脑袋。接着，她开始追问细节：“你别生气，琪拉，或者说是温斯顿。随便你叫什么啦，我就想问你说的这个故事这么离奇，你有什么证据吗？你说你们俩坐在缆盘上被闪电击晕了过去，醒来之后就互换了身体，还能相互读出对方的想法，这些都太超乎寻常了，你知道吧？所以我需要看到实在的证据才能相信你！我说的不是你的猫有一些特异功能之类的证据，的确，她找到了维纳教授，可谁知道呢，也许她就是这么训练有素吧！”

这话说得没错，如果是我，我也会这么怀疑的。要是院子里的欧德特跟我说她其实是三楼的大胡子牙医克劳斯·迪特，那我也肯定会叫她拿出证据来。可是我现在该说啥呢？我当然可以在意念里把琪拉再叫过来一趟，可这就够了吗？这完全也可以解释成巧合或者训练有素啊！我叹了口气。也

许告诉我的朋友们这个秘密，本身就是个错误的决定。

“你能做一些人类做不到的事情吗？比如说，你能不能把你的猫爪子伸出来让我们看看。”汤姆建议说。

我把我的手放在眼前看了看，打量了一眼我的指甲。不，我掏不出猫爪子来，只好无奈地摇了摇头：“可惜不行。”

“或者你能不能从二楼跳下去？猫是可以做到这一点的，他们晃动尾巴，直到自己的爪子完好无损地着地。”

“哎，我是一只猫的时候当然可以啦。不过我现在是个人，我可不想去冒险尝试。”

汤姆微微一笑：“对，我也就是开个玩笑。就算你说的不是真的，只是在那儿喵喵乱叫，我也不想让你摔断脖子。至少你还是我朋友嘛，对吧？我顶多就是管你叫喵喵琪拉。”他笑了，宝丽也跟着微微一笑。好吧，他们俩至少没有什么恶意。可是不管怎样，我还是想让他们相信我的话！只有这样，他们才有可能在我跟琪拉交换身体的时候帮上忙，虽然之前我们在磁场这个问题上并没有取得太多的进展。可是我能给他们展示什么证据呢？

我思考着，第二次被闪电劈中了，只不过这次是脑子里突然闪过一道光。我激动地从我的座位上跳了起来，面前的盘子猛地一阵晃动，险些掉到地上。

“有了！眼珠！”

宝丽和汤姆不解地看着我。

“琪拉和我交换了身体，却没换眼珠的颜色。你们仔细看！”我睁大了眼睛望着他们。

“啊，好漂亮的绿眼珠。”宝丽说。

“没错，就这个！琪拉的眼珠本来是蓝色的。”

汤姆耸了耸肩：“不知道，你，或者说是她——我干脆说你们得了——你们前不久刚来学校，我认识你们也不算太久。我还从没注意过琪拉的眼珠是什么颜色。”

宝丽点了点头：“汤姆说得对，我也是。就算几周前琪拉的眼珠是蓝色的，我也没注意到。”

“哦！”我失望地坐了下来，“可这的确是真的，从我们眼珠的颜色上就能看出来。我的，也就是温斯顿的眼珠是绿色的。琪拉这个女孩的眼珠是蓝色的。我们虽然换了身体，却保留了各自眼珠的颜色。”

“那琪拉的妈妈就从没注意到吗？”

“没有，琪拉和我想尽一切办法，不让她注意到这一点。所以我在家里经常戴着太阳镜，或者用马尾辫遮住脸。我们之前还想过配一副有色隐形眼镜，不过那个太贵了。”

“好吧，这倒的确算是一个证据。”汤姆仔细地想，“现在我们就是得证明琪拉以前的眼睛的确是蓝色的。”

“肯定是这样的！相信我嘛！”

“抱歉，琪拉，或者说是温斯顿，或者不管是谁。这整个故事太离奇了，我必须要有确凿的证据才能相信。”

我在内心里长叹了一口气。确凿的证据！这是什么？一张照片？可是照片上眼珠的颜色也是很难辨别的，而且我手头也没有琪拉的照片。

“我有办法了！我们为什么不直接给安娜打电话问问？”宝丽建议说。

“好主意！”汤姆同意说。

“打电话问问？那她不会觉得奇怪吗？她一直以为我是她的女儿，难道我连自己眼珠的颜色都不知道吗？”

“别傻了，琪拉，或者说是温斯顿。拨通你妈妈的电话，然后把手机给我，好不？”

我无奈地点点头，从我的裤袋里掏出手机，拨通了安娜的电话。当电话铃声响起的时候，我把手机递给了宝丽。

“喂，科瓦伦克太太！不，我不是琪拉，我是宝丽，我现在需要你帮个小忙！我们在学校里被要求在同班同学不在场的情况下，准确形容出她的样子。我现在就坐在食堂里，被要求形容琪拉。不过说实话，我不太确定她的眼睛到底是什么颜色的。是绿色吗，还是蓝色？”接着是一阵沉默，显然，她在听安娜说话，“好的，谢谢！太好了！对，祝您愉快。谢谢！再见！”

宝丽挂了电话，看着我们：“她妈妈说，琪拉的眼睛是亮蓝色的，很漂亮。”

“好吧！”汤姆说。我感到心里一块石头终于落地了。

放学后，我们大家一起去了冷饮店。我说大家，是因为身为一只猫的琪拉也一道在场。我把她也招了过来，告诉她最新的进展，所以她在学校门口跟我们会面，跟着我们一道去了冷饮店。我一边舔着巧克力冰激凌，一边把琪拉抱在怀里。不过她显然对我把她的秘密给泄露了出去很是不满。

“他们俩现在肯定觉得你是个大疯子，这样我在这个班上最后的两个朋友也要不见了。”她一边埋怨我，一边伸嘴去舔刚刚滴在我腿上的冰激凌。吃冰激凌真是太困难了，我还得多练练！

“安静些，琪拉！他们俩相信我们了！”我最好还是别告诉她宝丽曾经来回拨弄过我的眼睛，以确定我没有戴有色隐形眼镜。琪拉的情绪已经够低落了，这也不难理解，毕竟我们的变身计划还没有取得任何的进展。

于是，我又重新换了个话题：“我想再跟你们聊聊磁场的事情。琪拉和我都想过，磁场也许能帮助我们交换回身体。我也不想接下来一辈子都当一个女孩，另外我觉得琪拉也已经开始想念你们了。”琪拉大声喵呜了一声，好像是在证实我的说法。汤姆和宝丽吃惊地望着她。

“她能听懂我们说话，太不可思议了！”宝丽摇了摇头。

“为什么磁场能帮助你们交换回身体？”汤姆问我说。

“很简单：当闪电击中建筑工地时，产生了很强的磁场，因为闪电击中了一个缠着铜导线的缆盘。一旦铜导线通了电，就会产生电磁场。当时琪拉和我坐在缆盘上，所以我们就相当于处在一个磁场中间，互换身体的事情就这么发生了。显然，是磁力把我们从各自的身体中吸了出来，然后放回到了不同的身体里面。至少我希望是这样的。”

“哇！”宝丽惊讶地说，“你是我见过的最聪明的猫。”

“好吧！”我承认说，“电磁场的这个说法是维纳教授提出来的，他是物理学教授。我自己可想不出这套理论。可惜光知道这一点还没有用，我们现在需要一个很大的磁场，能把一个女孩和一只猫装进去。”

就在这时，汤姆猛地一拳砸在桌上，把装冰激凌的杯子砸得咣当咣当直响：“有了，大型磁场！我知道我们能在哪儿弄到了！”

“喵呜！”琪拉挣脱了我的怀抱，宝丽和我都睁大了眼睛看着汤姆。他接着说下面这番话的时候，我们的眼睛一直都没有离开他的嘴唇。

“你们知道我爸爸是医生。”

我们点点头。

“准确地说，他是放射科医生。”

“啊，那是什么？”我问。

“就是操作 X 射线的医生，他可以为人的身体内部结构拍照。”汤姆解释说。

“很好，可是我们需要的不是医生，而是磁场。”神圣的油浸沙丁鱼啊，他听懂我在说什么了吗？

“别急，别急，马上就说到点子上了。”汤姆安慰我说，“我爸爸有一个很大的放射科诊所，里面不止有 X 射线机，还有 MRT 设备。”

“啊哈！”宝丽说，“多谢你的信息，可说实话，我们一点儿也不关心你爸爸诊所里有什么设施。这跟琪拉和温斯顿有什么关系？”

“天哪，宝丽！再想想！”汤姆大声说，“MRT！你想到什么了吗？MRT 是什么意思？”

宝丽耸了耸肩：“不知道，或许是‘多用途危险品运输机’的简称？”

汤姆笑了：“乱讲，MRT是‘核磁共振成像’的意思，那台设备叫‘核磁共振成像仪’。”

什么？我快听糊涂了。那又是什么？汤姆显然是看见了我们俩疑惑的表情，又放慢语速说了一遍：“核磁共振成像仪。它的功能跟X射线机差不多，把一个人推进去，它就能拍出身体内部的图像，只不过它用的不是X射线，而是电磁波。你们明白了吧？”

宝丽跟我相互对视了一眼。

“听懂了一半吧！”宝丽说。

“这台设备外形上像一个大管子，打开它后，管子里会产生磁场。电磁波穿过躺在管子里的人的身体，从而生成了里面的图像。大概就是这样的。”

“天哪，你是怎么知道的？”我问汤姆说。

汤姆微微一笑：“因为我绝顶聪明嘛！不是，开个玩笑。我上个假期在爸爸的诊所里打工来着，当时我负责接电话之类的事情。因为我对电脑和电子类的东西感兴趣，他的助手就带我参观了MRT和其他一些设备。”

“你觉得要是我跟琪拉躺在了管子里，就能在磁场的作用下换回身体了？”

汤姆点点头："对，我就是这么想的。"

现在轮到琪拉插话了："问问他这是不是很危险。X 射线反正不是闹着玩的，天知道电磁波又会怎么样。"

我大声复述了琪拉的问题，汤姆摇了摇头："别怕，核磁共振成像仪不会产生有害的射线，这正是它跟 X 射线机相比最大的优势。我们要做的就是让你们两个躺进去，然后打开机器。我觉得我能操作，那个并不难。"

"啊，等等——你说是你来操作？为什么我们不能问问你爸爸呢？"没错，宝丽问得有道理。

可是汤姆的表情看上去就好像宝丽根本不存在一般："天哪，你知道那个东西有多贵吗？那可不是玩具。要是我去问我爸爸我们可不可以把一个女孩和一只猫放进去，他肯定不会同意的。不行，不行，我们得悄悄地自己干。"

好吧，这下我也总算明白了。

我深吸了一口气："好，那我们就试试吧！"

汤姆笑着举起手来，我伸手过去跟他击了一下掌，接着我们又跟宝丽击掌示意。

"一言为定。我偷偷去把诊所的钥匙弄来，钥匙一到手，我们就行动，也许今晚就能成功了！"

今晚，天哪！但愿汤姆真的知道那个机器怎么用！

25 变回来！变回来！

这台机器的确很大，我是说真的，这的确是一个庞然大物！我还从来没有见过这么大的物件：它就像一张加大版的白色塑料床，跟维纳教授放在阳台上的那张差不多。只不过床的一端连着一根塑料管，这根管子从地底一直通向天花板。管子的中央是空心的，把整张床塞进去也不为过。这根管子和这张床加在一起体积很大，估计我们家的客房都放不下，至少是有些勉强。毫不夸张地说，这家伙看上去就像是“星球大战”要用的东西，反正就是有点儿太空武器的感觉。而且最重要的是：它好吓人啊！难道我要躺到这个东西里面去吗？一想到这个，我就浑身不舒服。

琪拉也没好到哪儿去。她大叫着，不安地挠着我的腿。在汤姆的爸爸下班后偷偷溜进他的诊所，这真的是个好主意吗？我感觉好像不是这样的，反正我是想越快离开越好。但这东西好像就是汤姆的最爱，他温柔地抚摸着那张床光滑的表面。

“很酷的宝贝，对吧？”他笑得那么着迷，好像是在抚摸一个小孩，“还差不多是全新的呢，爸爸上个月前刚买的。他说这是这个地区最棒的核磁共振成像仪。”

宝丽有些怀疑地望了他一眼：“我不知道我们的计划是不是很好。何况通常这个东西应该由医生来操作。你确定你知道该怎么弄吗？他们俩躺进去之后，可别出什么状况。”

汤姆摇摇头：“别胡说！我爸爸的助手跟我详细说过这东西该怎么用。有几个病人来检查的时候，我甚至还帮过她。而且会出什么意外呢？核磁共振成像仪产生的磁场本身就是无害的，小孩子也可以躺进去检查。”

“啊哈！”反正我也暂时想不起来更多的，只是希望这次冒险会有好结果。

“温斯顿？”琪拉抬头望着我。

“怎么了？”

“我们的选择是对的，对吧？”

“当然了，我们两个都想回到原来的身体里。只需要一点儿运气，我们的愿望马上就能实现了。等到出来的时候，你又是那个活泼的琪拉·科瓦伦克了。”

“可是这个东西看上去好可怕啊，而且那么大。我觉得我有些害怕。”

虽然我很理解琪拉的感受，但还是认为我们要表现得镇定一些。

“哎呀，这只是你的感觉。事实上这东西一点儿都不大，你觉得它大，是因为你现在自己个子太小。你看着吧，一切都会恢复正常的。最重要的是，当我们躺到管子里之后，你要坚信自己是琪拉。”

“你说，要是交换身体真的成功了……我们还能在意念里进行交流吗？”

我耸了耸肩：“不知道，之前我们是不能的。要是一切都回到那次闪电前的状态的话，那你还是蓝眼睛的琪拉，我还是绿眼睛的温斯顿，在意念里进行交流恐怕是不行了。”

“嗯，这就太可惜了。不过也许你说得对。”琪拉听上去有些伤感。

没错，真是太可惜了。我想来想去，其实跟琪拉直接的交流还是很愉快的。不过我更想变回一只猫，而且变回去之后其他事情还是不会改变的。

“你知道吗？在我们换回身体之后，有些事情是不会变的。”我安慰琪拉说，“这下你就知道做一只四条腿的动物是什么感觉了，我也可以更好地理解你们人类。现在你也有了汤姆和宝丽这两个真正的好朋友，还有我——我们永远是最好的好朋友！就算我们不能再直接交流了，但我们还是心连心的，对吧？至少我们曾经共同制止了一次犯罪行为。”

“没错！”琪拉同意说，“这点是没法改变的，我们是超级特工琪拉和温斯顿！”

“你看，我就更喜欢你现在这样！”

“不过在这之前我们还要做一件事情。”

“什么？”

“我们要约定一个密码。”

“密码？”

“是呀，如果我们没法再和对方交流了，就得约定一个暗号，这样我们才能知道对方在想念自己了。要不我害怕我们还会以为自己是做了一场梦。”

我想了一会儿，这个主意好像不错：“可是我们要约定什么样的暗号呢？”

“也许……嗯……”琪拉在思考，我也在使劲想，“你觉

得，如果我说‘温斯顿，你能听到我说话吗？’，你就翻过身子，在地上打个滚，就像这样……”说着，琪拉躺倒在地上，打了一个滚。

宝丽看见了这一幕，很惊奇：“你们又在练什么杂技吗？”

“不是。”我没有多说什么。我感到这场对话还有这个约定应该是我跟琪拉的秘密。

我在意念里继续对琪拉说：“那要是我想告诉你我们依然是好朋友，我就这么做：我会爬到你肩膀上，先舔一下你的右耳，再舔一下你的左耳。这是著名的舔耳朵，明白了吗？”

琪拉喵了一声：“好的，舔耳朵就表示：我们永远是最好的朋友！”

我感到喉咙有些哽咽了，赶紧咽了一口口水：“没错，我们永远是最好的朋友。”

我在琪拉身边的空地上坐下，抚摸着她的头，直到她发出舒服的叫声。过了一会儿，汤姆来到我们身边蹲了下来。

“好了，尊敬的女士和猫先生，你们准备好参加超级变身秀了吗？”

我点了点头。

“那我们就开始吧！开始前还有些安全提示：你们身上有没有尖锐的金属物品或者耳环？这个必须先取下来，金属会被核磁共振成像仪产生的磁场吸走或者加热。心脏起搏器也很危险，如果你们有人戴了它，那我们的计划只好告吹了。怎么样？”

“不，我没有。”

“金属绷带或者金属石膏？”

我摇了摇头。

“等等，温斯顿，你身上镶嵌芯片了吗？”宝丽问。

“那是什么？”

“有些狗的皮肤里会被植入一块小芯片。一旦他们走丢了或是被别人找到，人们就能用一台仪器读出芯片上的内容，这样我们就知道这是谁的狗了。这样的芯片里面肯定含有金属。要是你真的佩戴了这样的东西，那么你身上肯定有一块皮肤会经常发热。”

“我觉得没有。反正我是想不起来有这么一回事儿了。就在不久前，我还是一只家猫，所以我也不需要这种东西。就算我身上有，这个险我也要冒。顶多是耳朵被烫一下嘛！”

“好啦，也没有说的那么危险。不过我爸爸的女助手每次做检查之前都会这么问病人一遍。”汤姆安慰我们说，“这就像坐飞机一样，空姐总是要给我们示范氧气面罩怎么戴，紧急出口在哪里，尽管这些东西其实不太可能用到。”

说得太好了。我感觉自己的肚子有些发痒，显然我已经有些激动了。

“快，汤姆，我们得马上开始了。要不说不定我就要改变主意了！”

“好的，那我再教一下你们怎么用救生衣……”

“救生衣?！”

汤姆哈哈大笑。

“就是开个玩笑啦！不过有一件事情还是得说明一下：核磁共振成像仪的动静很大，会发出很大的砰砰的噪音，你们不必害怕——这个很正常，主要是由机器内部电缆的通电和断电所引起的。我跟你们说过了，这是一台巨大的电磁设备嘛！我们有一个放音乐的耳机，这样你们就不会听到砰砰的声音了。不过我担心琪拉现在是只猫，没法戴耳机，而且我们也只有一个。”

“那我也不戴了，我要跟琪拉同舟共济。对吧，琪拉?”琪拉又在地上打起了滚。我微微一笑，汤姆和宝丽不知所措地望着我们。

“这是我们的新暗号，表示同意。”

“好吧，那你们就躺到床上吧！温斯顿，你面朝上躺着，我觉得我们最好把琪拉放在你的肚子上。我跟宝丽要离开这间屋子了，这台机器得在旁边的屋子里操作。不过我们可以透过墙上的玻璃看到你们的情况。明白了吧？”

“明白了。”我脱下鞋，躺到了床上。宝丽把琪拉放在了我的肚子上。我可以感受到琪拉的心在怦怦直跳，当然我的也是一样。

汤姆不知怎的在机器上按了一下，这张床缓缓驶入了管道里面，直到完全消失在了里面。神圣的油浸沙丁鱼，万能的猫上帝，你们一定要帮我啊！

“好的。”汤姆的声音听上去很模糊，“我跟宝丽现在去隔壁屋，在那儿打开机器。我觉得十分钟肯定够了，闪电时间更短呢！你们准备好了吗？”

琪拉喵呜了一声。

我喊道：“准备好了！”

“好的，祝你们两个好运！”

一阵关门声之后，我们的周围一片寂静。

“好了，琪拉，就看这下了。”我提醒我的人类朋友说，“只要想着：我们想要变回来。变回来！”

“我会照办的，温斯顿。我就想着：变回来！”

突然传来一阵令人头晕目眩的砰砰声，我感到浑身一颤。说不定我还是戴上耳机比较好？随便吧！现在千万别分心！只能有一个想法：变回来！变回来！我要做回我自己，我要回到我的身体里面！我！要！当！温斯顿！

26 一切恢复原样

“琪拉，你醒了吗？你还好吗？”有人摇晃了一下床。听上去像是宝丽的声音。啊，至少我活过来了！

“嗯，我还好。”

是琪拉的声音！我没有张嘴。

只有一种解释：我们成功了！呼啦！我又是我自己了！

我仔细打量了自己：没错——我又有了黑色的皮肤，还有了四只爪子。感谢老天爷！我的小心脏里足足有一车石头终于落了地。

我慢慢在琪拉的肚子上坐起身子，四下张望了一圈。周围的一切看上去似乎都大了一号！我都差点儿忘了，作为一只猫，我的身体是很小的。我跳到地上，用力舒展了一下身子。接着，我坐在机器前，等着琪拉坐起来。她蹲坐在床上，来回晃动着双腿，看上去心情似乎很不错。我的天哪，从这下面看，这个机器不只是一个庞然大物，简直都快要“顶天立地”了！我真的不敢想象如果我是一只猫的话，我还敢不敢钻进去！当琪拉做猫的时候，她竟然敢这么做，真是太勇敢了！事实证明，我们两个人都通过了这次危险的实验，至少我们的身体经受住了考验。

我们还能在脑海里进行交流吗？我发起了一次尝试。

“琪拉，你听得见吗？”我朝着她的方向发出讯息，“站起来，到我这儿来。”可是什么都没有发生。哼，看来事情跟我们预测的一样遗憾：只有当我们交换了身体，我们才能在意念里互相交流。在意识到了这一切之后，我感到我的心还是有些隐隐作痛的。

就在这时，汤姆从隔壁的房间走了过来，站在了核磁共振成像仪旁边。

“你怎么样？”他问琪拉。

“挺好的，就是头还有些晕，不过会好起来的，我现在又是琪拉了。”

“看着我。”接着是一阵长长的沉默。可惜我现在太矮了，看不见他们俩在干什么，不过我隐约感觉到了一阵紧张的气氛。突然，汤姆从床边后退了几步。

“太不可思议了！”他大声喊道，“琪拉，你的眼珠真的是亮蓝色的！”他又弯下腰，看着我，“温斯顿真的是绿眼睛！我都不敢相信我自己的眼睛！太不可思议了！”

干吗这么激动？我们不是告诉过他，事实就是这样的吗？难道他之前不相信我们？显然，琪拉的想法也跟我一样。

“喂，喂，难道你不相信我们吗？温斯顿都说过了，我作为一个人的时候，眼睛是蓝色的。”

“我已经相信你们了，就是还不能百分之百地确定。”汤姆笑着回答。

“这还不算太坏，”宝丽插话说，“要我说，这其实也挺正常的。难道换作是你，我告诉你我跟汤姆交换了身体，你会马上相信吗？”

“不会！”我从琪拉的声音里听出，她开心地笑了。

“好啦。”汤姆说，“现在我们得马上溜出去。到目前为止一切都还挺顺利，我们在最后关头也没有被打扫卫生的阿姨发现。她通常每天深夜来，要是撞见我们，可就被吓坏了。”

“你说得对！赶紧回家！”琪拉从床上跳了下来，直接站到了我的面前，“可是有一样事情我还想再试一下：温斯顿，你能听到我说话吗？”

啊！密码！我赶紧翻了个身，在地上打了个滚。

琪拉高兴地拍了拍手：“太棒了，温斯顿！真的可以呢！我们没有在做梦。”

是的，我们没有做梦。而且，我们一起经历了很多！

第二天我醒来的时候，躺在自己的小窝里。这感觉真是棒极了！我睡得那么死，甚至连琪拉起床去上学了也不知道。

房间里很安静，我决定先去吃早饭，然后再去我最喜欢的位置——客厅里的沙发上躺着，打发这一天的光阴！真是棒极了！

吃完饭后，我打了个盹儿，又吃了点儿鸡肝零食。不过我不得不承认，房子里不只是很安静，而且还有些无聊了。维纳教授去学校了，安娜一边哼着小调，一边自顾自地熨着衣服。哼，难道就没人愿意跟我说话吗？我从一个房间跑到另一个房间，可是显然这儿没人能跟我扯上几句。真奇怪，

之前我怎么没发现房间里整天都这么安静，什么都不会发生？之前我都是怎么打发时间的？

我能让安娜带我去屋外转转吗？肯定可以的。当琪拉还是一只猫的时候，她总能成功地做到这一点。她是怎么做到的呢？我试着用最朴实的方法，跑到安娜身边，大声喵呜了几句，然后马上跑到房门口。接着，我就站在那儿，不停地叫着。真的——安娜跟了过来，打开了房门。

“你这个小流浪汉，又想出门了？我觉得我们什么时候得专门给你开一扇进出的门了。进出当心点儿！”

我纵身一跳，来到了门外。这真是太容易了。可是，接下来该去哪儿呢？当我是一个女孩子的时候，我可以到处转；可是作为一只猫，就没有什么可去的地方了。何况从前的温斯顿也不喜欢出门。真是太让人不安了！我决定先去院子里转一转，那个地方我最熟悉。

我一只脚还没跨进院子的大门，就看见了一个熟悉的身影——欧德特！我的心开始怦怦直跳，真的有那么一点儿想打退堂鼓了。胡说八道！我警告自己说：你不是一直都想作为一只猫再去见一见欧德特吗？快过去！我深吸了一口气，朝前走去，很快就来到了垃圾箱旁。可惜欧德特不是单独在那儿，斯皮克和卡拉梅尔也正蹲在垃圾箱盖上。当然，他们正在打量着我。

“哇，贵客啊！”斯皮克又开始开我的玩笑。

“你们好，小子们。”我尽可能友好地说，我可绝不能被这只自以为是的虎斑猫激怒了，“你好，欧德特！”

“嗨，温斯顿！”

是我幻听了吗？还是欧德特的语气真的这么友好？

她走到了垃圾箱边，望着我说：“你能过来看我们真是太好了！”

不，我没听错，欧德特真的很高兴见到我。突然，我的心里涌入了一阵热流。这种感觉真是太好了！

“嗯，我就是想下来转转，在上面太无聊了。见见朋友总不是什么坏事。”我希望欧德特能明白我说的朋友只是指她。反正斯皮克和卡拉梅尔这两个家伙可绝对算不上我的朋友！

她高兴地叫了一声：“我还要谢谢你上次让那个女孩给我们捎来的好东西呢！你真是太好了！那个东西很好吃！”

“哦，不用客气！又不是什么大事！”我谦虚地说。

欧德特跳下了垃圾箱，坐到了我的身旁：“不，这可重要了。我以前可能对你不太友好，而你还给我这么好吃的东西。你真是太大度了！我以前完全是戴着有色眼镜在看你，对不起！”她伸过头，在我的头上蹭了蹭，我的心为之一振！

我都害怕它要从我的脖子里蹦出来了！

“没事，忘了这件事吧！”我沙哑地说。

“你知道吗，要是你能经常来这儿就好了。我会很开心的。”欧德特两眼放光地望着我。

“我们可不高兴！”可惜，上面传来了一阵激愤的声音。斯皮克趴在垃圾箱上，一脸凶相地望着我们。

不对，他是一脸凶相地望着我：“我们可不想见到你这只只会吹牛的胆小鬼到这儿来！”

我正想回敬几句恶毒的话，欧德特又在我的头上蹭了蹭。

“哎，别理他。他对新人就是这样的。卡拉梅尔刚来的时候也是这个待遇，现在他们俩还不是好得不行。我们出去溜达一圈吧，让斯皮克自己冷静一下。”

这个提议太好了！正好我也觉得院子里太阴暗了。有欧德特陪在我身边，我正好可以在这一带转一转。

就在我们来到房子前的人行道上时，我突然有了个主意。

“欧德特，跟我去琪拉的学校逛逛怎么样？就是给你喂食物的那个女孩。她快要下课了，要是能见到我们，她肯定会很高兴的。”

“好呀，干吗不去呢？你认得路吗？”

我点点头，在前面带路。但愿我们能与琪拉见面吧，我真想告诉她，她的计谋成功了，欧德特再也不把我当成一个高傲的傻瓜了。

我们右转了两次，又往前走了一阵，接着再左转，很快就来到了教学楼前。可是我们一个孩子都没看见。

欧德特有些失望地叫了一声：“太可惜了！那个女孩在哪儿？这儿一个人都没有。我还以为学校里会有很多人呢！？”

“是啊，可能我们还得等一会。你看着吧，一会儿下课之后，这儿简直就跟菜市场一样热闹。”

丁零零！就在这时，下课铃响了。果然，不到两分钟，我们就被一群学生包围了。

“哇，你看，好可爱啊！一只白猫和一只黑猫！”

“太可爱了！”

这群孩子在我们周围挤来挤去，有些人还伸手摸我们。但愿欧德特别生气才好！我从旁边打量了她一眼——她连眉毛都没有眨一下！太棒了！欧德特真的是一只很酷的猫！

“你看，琪拉！”有人喊道，“那不是你的猫吗？”

“等等，我来了。”是琪拉的声音，没有错。

我的计划成功了，不久后，琪拉就来到了我们旁边：“哦，温斯顿！你在这儿干吗？还把欧德特带来了。好吧，我真为你们高兴！”她弯下腰，先是摸了摸我，然后又摸了摸

欧德特。

“她怎么知道我的名字？”欧德特奇怪地问。

“哦……嗯……我也不知道啊！”我撒谎说。要是说出真相，那可真得花费好多口舌。就在这时，我瞥见莱奥尼和艾米丽也直接朝我们走了过来，站在我们身旁。

“哎呀，有一点我们可不得不佩服这个俄国女孩。”艾米丽羡慕地说，“她真的跟动物相处得很好。”

“喂！”莱奥尼生气地说，“这个我也可以啊！”胡说！显然，这只讨厌的母“山羊”就是见不得别人比她好。为了证明她跟动物相处得很融洽，她也把手伸向了我。

我正想闪开，突然看见罗森布莱特女士正朝我们的方向走来。也许她又要叫住琪拉，教育她不能把动物带到校园里来了。突然，我有了一个天才般的想法——至少我希望这是一个天才般的想法。

就在琪拉、艾米丽和莱奥尼看见罗森布莱特女士之前，我跳到莱奥尼的肩膀上，实实在在偎依在了她的身边。我用头蹭着她的胸，发出一阵阵舒服的咕噜声。琪拉吃惊地望着我，莱奥尼像一个胜利者般放声大笑。

“你看！你的猫更喜欢我！他很快就认出我是猫咪的朋友。我喜欢猫！对吧，咪咪？”她抚摸着我，我继续发出咕噜声，“对，咪咪，咪咪，你喜欢跟我在一起对吧？或者你应该跟着我，那样你肯定过得更好。”

就在这时，一个阴影出现在莱奥尼和我的上方，一个熟悉的声音咆哮道：“莱奥尼·魏歇特！你不是不久前还对猫严重过敏吗？”

罗森布莱特女士站在我们身旁，非常生气地望着莱奥尼。

莱奥尼吓了一跳，猛地一把把我摔在地上：“啊，对，是的！我……嗯……是这只猫要来我身上蹭的，我也没办法！”

“真奇怪，我怎么看到是你很想跟这只猫亲近呢？这是不是说明你上次跟我撒谎了？你在演戏，目的是为了捉弄你的同学，对吧？”

“不！我没有，我……”莱奥尼实在是狡辩不下去了。

“闭嘴，莱奥尼！我不想听了！你现在到我办公室来，我要好好跟你谈谈。”罗森布莱特女士转过身走了，莱奥尼垂头丧气地跟在她身后。

哈哈！温斯顿，超级特工，又成功了！

“怎么了？”就在这时，汤姆和宝丽也来到了我们身边。他们刚刚错过了我天才般的表演，自然不知道发生了什么。

“哦。”琪拉微微一笑，“要我说，刚刚有人作茧自缚了。”他们三个都笑了。这幅画面太美好了：琪拉、汤姆还有宝丽，

他们三个才是真正的朋友。

不过等等，还缺点儿什么！我一个冲刺，跳到了琪拉的肩膀上。我先舔了一下她的右耳，又舔了一下她的左耳。

琪拉很快就明白了过来，把我抱在怀里，小声地说：“没错，温斯顿，这是我们的密码。我们永远是最好的朋友！”

谁能想到呢？我跟一个孩子成了好朋友！琪拉说得没错：我们两个永远都是最好的朋友。谁知道我们还会一起经历什么样的冒险呢？我已经迫不及待了！